Peter Härtling

Theo haut ab

Bilde

EIN **GULLIVER** VON **BELTZ & GELBERG**

Ebenfalls lieferbar: *Theo haut ab* – Lehrerbegleitheft
ISBN 13: 978-3-407-99064-8
ISBN 10: 3-407-99064-2
kostenlos erhältlich beim
Beltz Medien-Service, Postfach 1005 65, 69445 Weinheim

www.gulliver-welten.de
Gulliver 496
© 1977, 1992 Beltz & Gelberg
in der Verlagsgruppe Beltz · Weinheim Basel
Alle Rechte vorbehalten
Neue Rechtschreibung
Markenkonzept: Groothuis, Lohfert, Consorten, Hamburg
Einbandgestaltung: Max Bartholl
Einbandbild: Peter Knorr
Gesamtherstellung: Druck Partner Rübelmann, Hemsbach
Printed in Germany
ISBN 13: 978-3-407-78496-4
ISBN 10: 3-407-78496-1
18 19 20 21 22   10 09 08 07 06

GULLIVER

496

Theo haut ab

Theo Weißbeck ist wirklich ein Komiker. Das meinen beinahe alle, die ihn kennen. Er ist für sein Alter – ein paar Wochen über zehn – zu klein, dafür jedoch stämmig, hat O-Beine, die sich nach Mutters Meinung nun schon seit Jahren »auswachsen« sollen, einen runden Kopf und Haare, die nicht zu bändigen sind. Am Wirbel stehn sie hoch. Der Friseur schneidet sie auch immer so, dass sie wie ein Hahnenschwanz aussehen.

Theo macht alles, um komisch zu wirken. Um seine Freunde und fremde Leute zum Lachen zu bringen. Besonders einfallsreich ist er im Erfinden von lustigen oder derben Wörtern: Seine Ohren, die ein bisschen abstehen, nennt er Windfänger. Die Schüler heißen bei ihm Tintenkulis, die Lehrer Doppelpunkte, die Schulbänke Arschraspeln. Den Hausmeister, der sich über jede Kleinigkeit schrecklich aufregt, hat er Ratterton getauft. Niemand ist vor seinen Einfällen sicher. Nur Frau Persig, seine Lehrerin, die mag er heimlich. Er selber hat den Spitznamen Bims. Warum er den hat, ist eine Geschichte für sich. Die wird später erzählt.

Zu Hause ist Theo ganz anders. Da hat er es aufgegeben, den Komiker zu spielen und Blödsinn zu machen. Vater schrie ihn dann immer an: Er solle sich wie ein normaler Mensch benehmen. Und Mutter schiebt seine schlechten Noten auf das Blödeln. Dich kann ja keiner ernst nehmen, Theo!

Theo kommt aus der Schule. Vor der Tür des Hochhauses, in dem sie seit einem Jahr wohnen, verabschiedet er sich von seinem Freund Detlev.

Tschüs, Detlev, grüß deine Fünfer.

Tschüs, Bims, grüß deine Sechser.

Jetzt steht Theo vor dem Aufzug und wartet. Mit einem Mal ist er ein ganz anderer. Kein Komiker mehr. Er ist still und ernst. So kann er sich verändern. Er merkt das schon gar nicht mehr. Die Aufzugtür geht rasselnd auf. Zusammen mit Theo steigt ein Mann ein, den er nicht kennt. Aber er kennt längst nicht alle, die im Haus wohnen. Theo drückt auf sechs, sieht den Mann fragend an. Neun, sagt der.

In dem stählernen Kasten riecht es ungeheuer süß nach Parfüm. Der Mann zieht schniefend Luft ein.

Mensch, ist das ein Gestank, sagt er.

Das ist der Schwellnuss ihr Parfüm, erklärt Theo.

Du drückst dich ganz schön ruppig aus, sagt der Mann, die Schwellnuss …

Theo guckt den Mann prüfend an und verbessert sich: Das ist das Parfüm von Frau Schwellnuss.

Der Mann lacht und sagt: Du hast ja Recht. Bei dem Parfüm kannst du auch die Schwellnuss sagen.

Der Aufzug hält im sechsten Stock, Theo geht raus, dreht sich zu dem noch immer lächelnden Mitfahrer um und sagt: Tschüs!

Auf Wiedersehen, sagt sehr betont der Mann.

Mahlzeit!, ruft Theo. Aber die Tür schnappt schon zu. Heini! Das hat Theo so leise gesagt, dass es der Mann bestimmt nicht mehr hört.

Er schließt die Wohnungstür auf, horcht in die Wohnung hinein. Mutter ist noch nicht da. Sie ist vormittags Verkäuferin in einem Supermarkt. Meistens kommt sie gegen halb zwei, macht dann das Essen warm, das sie am Tag vorher schon gekocht hat. Vater kommt erst abends. Gegen sieben. Wenn er kommt. Er bleibt häufig bis tief in die Nacht weg, beim Kegeln, beim Skat. Dann ist er betrunken und gereizt. Es ist besser, wenn Mutter dann schon schläft. Vater kann sich über alles ärgern. Besonders aber über seine Arbeit. Er ist seit acht Jahren Buchhalter in einer Kleiderfabrik. Die lassen mich einfach sitzen, schreit er, da komme ich nicht voran. Aber was soll ich machen? Woanders ist es auch nicht besser. Womöglich noch schlechter.

Vater war ein richtiger Schwarzseher.

Theo geht in sein Zimmer. Seit sie in das Hochhaus gezogen sind, hat er ein eigenes. In der alten Wohnung stand sein Bett in der Besenkammer. Die hatte nicht einmal ein Fenster. Jetzt besitzt er auch einen eigenen Schrank und einen Arbeitstisch. An die Wände hat er sich Poster genagelt. Die Eltern waren erst dagegen. Diese Popstars sehen alle scheußlich aus, wie Affen, sagte Vater. Dann möchte ich auch wie ein Affe aussehen, antwortete Theo. Mir gefallen die. In diesem Fall gab Vater nach.

Theo schmeißt die Tasche unters Bett, legt sich hin. Das macht er gern. An die Zimmerdecke gucken und vor sich hin träumen. Da fallen ihm tolle Geschichten ein. Mutter schimpft ihn deswegen aus. Er sei ein Träumer. Darum komme er auch in der Schule nicht mit. Weil er mit seinen Gedanken immer woanders sei.

7

Frau Persig, die Lehrerin, war nicht dieser Meinung. Du bist gar nicht so schlecht, Theo, sagte sie, nur ist in deinem Kopf so vieles durcheinander.

Das stimmte. Manchmal dachte er so viel auf einmal, dass er sich selber sagte: Du spinnst, Theo.

Er hörte Mutter die Wohnungstür aufschließen. Gleich wird sie rufen: Bist du da?

Jetzt ruft sie es.

Ja, antwortet er. Was gibt's heute?

Gulasch!

Prima, Mama.

Sie sitzen sich am Küchentisch gegenüber. Mutter versucht, sich mit ihm zu unterhalten.

Hast du die Mathearbeit zurückbekommen?

Nein.

Was habt ihr heute gemacht?

Wie immer.

Sie gibt es auf und schweigt. Das ist ihm lieber. Er überlegt, ob er ihr jetzt den Brief neben den Teller schieben soll, den ihm Frau Persig mitgegeben hat. Er weiß, was drinsteht. Frau Persig hat ihm den Brief zu lesen gegeben. Ein richtiger Brief ist es nicht, sondern ein Formular. Die Hälfte davon ist gedruckt, aber Frau Persig hat das Gedruckte durchgestrichen und mit der Hand geschrieben: »Sehr geehrter Herr Weißbeck, verzeihen Sie, dass ich Ihnen dieses amtliche Papier schicke. Theo ist manchmal sehr vergesslich. Darum bitte ich Sie, öfter darauf zu achten, ob er seine Schultasche richtig gepackt hat. Vielen Dank und freundliche Grüße, Gisela Persig.«

Morgen reicht auch noch, denkt er sich.

Hast du was, Theo?

Nein.

Ist doch was in der Schule gewesen?

Nein, Mama. Er steht auf.

Du sollst doch warten, bis ich mit dem Essen fertig bin, Theo!

Er setzt sich mit dem halben Hintern wieder auf den Stuhl, sieht seiner Mutter mit zusammengekniffenen Augen beim Essen zu. Das bringt sie so durcheinander, dass sie schließlich sagt: Du kannst aufstehen. Manchmal bist du richtig bösartig.

Er sagt nichts, geht in sein Zimmer. Ich bin nicht bösartig, denkt er. Nur: Warum soll ich da rumsitzen, wenn Mama immer wieder die gleichen Fragen stellt. Jeden Tag. Soll sie doch was erzählen. Früher hat sie das getan.

Er legt sich wieder aufs Bett.

Mutter ruft: Machst du Hausaufgaben?

Ja, antwortet er.

Er starrt an die Decke. Wenn er eine Weile guckt, sieht er dort eine Figur. Einen lustigen Zwerg. Das ist Koknottel. Mit ihm unterhält er sich. Vor allem, wenn er traurig ist, wenn er nicht mehr weiterweiß.

Die lachen immer blöd, Koknottel, sagt er. Die wissen nicht, wie ich heulen könnte.

Heul bloß nicht, lässt er Koknottel sagen.

Mutter fragt von draußen: Redest du mit mir?

Nein, nein. Ich lern Englisch.

Dann ist gut, Theo.

Den Nachmittag über treibt er sich mit Detlev und anderen Freunden im Viertel herum. Das ist, wenn ihnen Spiele einfallen, prima. Heute ist nichts los. Sie tauschen Comichefte untereinander aus. Und Theo geht bald wieder nach Hause. Mutter ist noch nicht da.

Er schaut zur Decke: Soll ich doch Mathe machen, Koknottel?

Koknottel ist nur undeutlich zu sehen und hat keine Lust, ihm zu antworten.

Gut, ich mach's.

Er hört Mutter kommen. Sie schaut nicht zu ihm rein.

Irgendwie behagt ihm die Ruhe. Wenn ihm jemand gesagt hätte, drei Stunden später wirst du nur noch abhauen wollen, sonst gar nichts, dann hätte er den für beknackt gehalten.

Aber so war es. Drei Stunden später.

Vater kam ziemlich früh am Abend. Er hatte gar nicht viel getrunken. Doch irgendwas muss ihm am Tag nicht gepasst haben. Vielleicht war ihm einer im Büro blöd gekommen. Auf jeden Fall dauerte es nicht lange, bis Vater die Mutter anschrie: Guck mal den Teppich an! Da ist seit Tagen nicht gesaugt worden! Da liegt der Dreck millimeterdick drauf.

Ich seh nichts, erwiderte Mutter mit bebender Stimme.

Guck doch genau hin, du Schlampe!, brüllte Vater.

Theo kam aus seinem Zimmer. Papa, bitte nicht, bat er.

Sei still, halt dich bloß zurück, brüllte Vater.

Ich war das, sagte Theo, ich hab meine dreckigen Schuhe nicht ausgezogen.

Das stimmte nicht. Theo wollte Mutter nur helfen.

Mit der geballten Faust schlug ihm Vater plötzlich gegen die Brust. Vaters Gesicht verzerrte sich.

Nein, nicht mehr!, flehte Theo. Mutter riss ihn weg.

Vater schüttelte, als wüsste er über sich selber nicht mehr Bescheid, den Kopf.

Geh wieder in dein Zimmer, sagte Mutter.

Er setzte sich an den Schreibtisch und heulte. Wenn es so schlimm war, wünschte er sich, dass er plötzlich tot wäre. Die Eltern würden miteinander ins Zimmer kommen und ihn tot finden. Aber er müsste trotzdem alles miterleben können. Wie Vater und Mutter furchtbar traurig sind. Wie sie sagen, was er für ein guter Junge gewesen ist, fröhlich und eigentlich auch ganz gescheit. Wie sie sagen: Ach, hätten wir nur unseren Theo wieder. Wir würden uns auch nie mehr streiten.

So etwas dachte er sich aus. Oder auch, dass er mit einem Schiff über das Meer fährt, nach Rio. Das hatte er in einem Buch gelesen. Dort gab es Kinderbanden. Vor denen hatten sogar die Erwachsenen Angst. Aber vielleicht war das gar nicht so gut wie in dem Buch.

Die Eltern brauchten ihn nicht. Sie würden wahrscheinlich nicht einmal nach ihm suchen lassen, wenn er weg wäre. Wenn er so was dachte, wusste er, dass es nicht stimmte. Dass Mutter sich fürchterlich Sorgen um ihn machen würde. Vater auch. Es war komisch. Er hatte seine Eltern lieb. Trotz all dem Krach und Streit. Seine Mutter konnte schöne und spannende Geschichten von sich erzählen. Wie sie als Kind auf einem Bauernhof gelebt hatte, bei den Großeltern. Die hatte er nur zweimal besuchen dürfen. Inzwischen war die Großmutter gestorben. Mutter konnte auch wunderbar trösten. Sie war dann ganz leise und zart. Und Vater wieder konnte, wenn es ihm gut ging, wenn der Betrieb ihn nicht ankotzte, so lachen, dass jeder mitlachen musste. Vater war schon gut, wenn er nicht trank. Er machte aus einem bisschen Draht und Blech tolle kleine Modellautos und Flugzeuge. Theo hatte eine ganze Sammlung davon.

Jetzt liegt Theo in seinem Zimmer und wünscht sich, dass er weit weg von zu Hause ist.

Ich gehe, Koknottel, sagte er. Gehst du mit?

Wie Theo zu dem Spitznamen Bims kam

Am Morgen war es so wie immer. Als hätte es den schlimmen Krach nicht gegeben. Mutter stand als Erste auf, dann Vater, dann er. Jeder frühstückte für sich. Vater nahm ihn im Auto mit. Er fuhr ihn fast bis zur Schule.

Theo stieg aus, sagte: Tschüs, Papa.

Tschüs, Theo.

Der merkt nichts, dachte Theo. Der merkt überhaupt nichts. Der weiß nicht, was ich vorhabe.

Theo guckt nicht auf. Den Weg kennt er. Seit beinahe fünf Jahren geht er ihn.

Theos Schule liegt im Osten Frankfurts, inmitten von großen, gammeligen Mietblocks. Wir können froh sein, dass wir da besser wohnen, sagt Mutter. Höher auf jeden Fall, findet Theo.

Theo fragt sich, ob er überhaupt noch in die Schule gehen oder gleich abhauen soll. Aber es fällt wahrscheinlich weniger auf, wenn er den Tag wie sonst auch beginnt. Die Eltern würden nicht so bald unruhig sein. Du Trödler, du Blödler, hatte ihn Vater einmal angeherrscht, als er erst vier Stunden nach Schulschluss heimkam.

Außerdem mochte Theo seine Klassenlehrerin, Frau Persig. Als sie vor zwei Jahren die Klasse übernahm, hatten sich alle über sie lustig gemacht. Sie war sehr klein. Klein ist nicht einmal der richtige Ausdruck. Sie war wirklich winzig. Nicht größer als er und die meisten anderen in der Klasse. Sie konnte sich, wenn sie wollte, zwischen ihnen verstecken. Das passierte oft: Nach der Pausenklingel tobten sie weiter und merkten gar nicht, dass die Persig schon in der Klasse war. Sie stand mitten unter ihnen, klemmte nach einer Weile zwei Finger zwischen die Zähne und pfiff. Das war ihr Zeichen. Sie wurden still.

Die Persig brüllte so gut wie nie. Eher wurde sie leise. Sie wartete, bis sich das Geschrei und die Unaufmerksamkeit legten, spitzte den Mund und sagte: So, jetzt können wir zusammen reden. Zwei Minuten lang muss man sich eben Luft machen.

Alle, bis auf Knödler, fanden die Persig in Ordnung. Warum Knödler die Persig nicht mochte, war nicht herauszubekommen. Sie ist hinterlistig, sagte er. Das behauptete er wahrscheinlich nur, weil er der Einzige war, den sie ab und zu zurechtwies: Hannes Knödler, pflegte sie mit spitzer Stimme zu sagen, dich interessiert nichts, nicht wahr? Gar nichts. Gut. Dann lass wenigstens die in Ruhe, die etwas interessiert. Sonst interessiere ich mich dafür, dass dich nichts interessiert. Und ich lasse dich nicht in Ruhe. Da kannst du sicher sein, Hannes Knödler.

Als Theo jetzt der Persig zuhörte, dachte er: Schade, sie kriegt sicher auch Ärger, wenn ich abhaue.

Durch Frau Persig hatte er seinen Spitznamen abbekommen.

Sie hatten darüber gesprochen, welche Gesteine wo abgebaut und welche zum Bauen oder anderweitig gebraucht werden. Frau Persig hatte Bilder von Steinbrü-

15

chen an der Tafel befestigt und fragte, was das für Steine seien.

Theo! Was ist auf diesem Bild für ein Gestein zu sehen? Theo, der nicht aufgepasst hatte, schaute kurz hin und sagte: Bims!

Kaum hatte er das Wort ausgesprochen, brach die ganze Klasse in ein johlendes Lachen aus. Bims! Bims!

Bei dem bimst's! Sie konnten sich gar nicht beruhigen.

Klar ist das Bims!, schrie er wütend in das Getöse.

Frau Persig legte zwei Finger zwischen die Zähne und pfiff wie eine Lokomotive. Dennoch beruhigte sich die Klasse erst allmählich. Dann sagte Frau Persig: Das war zwar falsch, Theo. Bei diesem Bild handelt es sich um Kalkstein. Aber ich frag mich bloß, weshalb ihr alle so doof lacht. Bimsstein gibt es. Ich glaube, die meisten von euch wissen das nicht.

Nein!, schrien viele. Bims! Bims! Das gibt's doch nicht.

Bimsen! Bumsen!

Hört doch auf!, schrie Theo.

Bims!, schrie der eine.

Bums!, der Zweite.

Bams!, der Dritte.

Und Ute, die Dicke, die immer in der ersten Bank sitzen musste, weil sie schlecht hörte, drehte sich um und sagte: Reg dich doch nicht auf, Bims! So hatte er seinen Spitznamen weg.

Wie bist du denn auf Bimsstein gekommen?, fragte Frau Persig.

Ich war mal mit meinen Eltern in Neuwied, meine Tante Edith besuchen, und mein Vater zeigte mir die Bimssteinbrüche.

Wozu braucht man Bimsstein, Theo? Weißt du das?, fragte Frau Persig.

Die halten gut Kälte ab. Und zum Reinigen.

Ja. Und Schleifsteine, fügte Frau Persig hinzu, an denen man Messer und Scheren schärft, sind auch aus Bims.

Von da an hieß er Bims.

Er wehrte sich erst dagegen. Es hatte jedoch keinen Zweck. Nur Frau Persig sagte selbstverständlich weiter Theo zu ihm.

Wie auch jetzt: Was ist los, Theo? Du passt überhaupt nicht auf.

Entschuldigung, Frau Persig, sagte er.

Fehlt dir was?

Nein, antwortete er. Seine Stimme war ein bisschen wacklig.

Frau Persig sah ihn prüfend an. Du kannst ja nach der Stunde zu mir kommen, wenn was los ist.

Es ist wirklich nichts.

Die Persig merkt was, dachte er, und Vater und Mutter merken nichts. Er war nicht mehr traurig, sondern wütend.

Frau Persig nahm ihn bis zum Ende der Stunde nicht mehr dran. So konnte er ungestört überlegen, ob er die Schultasche mitnehmen oder in der Schule lassen sollte. Er entschloss sich, die Tasche in sein Fach zu stecken. Jeder der Schüler hatte ein Schließfach auf dem Flur.

Darin konnten sie Bücher und Hefte, auch das Sportzeug, aufbewahren.

Die Glocke schellte. Er trödelte. Er tat so. Detlev, der neben ihm saß, fragte: Kommst du mit, Bims? Wir gehen noch beim Kiosk vorbei. Ich hab fünfzig Pfennig für Kaugummi.

Nein, Detlev, ich treff mich mit meiner Mutter.

Da kannst du ja wenigstens bis zum Kiosk mit.

Ich will nicht.

Mensch, bist du heute eklig, Bims.

Ist schon gut, tschüs.

Endlich waren die Klassenkameraden alle raus.

Er sah durchs Fenster, dass der Himmel wolkenlos war, spürte die Wärme und fand, dass dies ein tolles Wetter für seinen Plan sei. Plötzlich war ihm wohler. Raus! Weg! Er rannte zu seinem Fach, um die Schultasche loszuwerden. Er schob sie hinein.

Neben ihm fragte jemand: Brauchst du die nicht?

Theo erschrak. Es war Schmittke, der Zeichenlehrer.

Theo suchte verzweifelt nach einer Ausrede. Es fiel ihm keine ein. Ja … brauchen?, stotterte er, fand sich ungeheuer doof und lief weg.

Im Schulhof atmete er auf, schlenderte auf die Straße hinaus.

Nun fängt alles an.

Zuflucht bei Papa Schnuff

Theo steht an der Straßenbahnhaltestelle und überlegt, wohin er fahren soll. Er hat seine Sparbüchse geplündert und besitzt genau sechsundzwanzig Mark. Noch ist es eine Menge. Aber er weiß, er muss sparen. Er überlegt: Mit einer Karte aus dem Automaten kann er bis Mainz oder Wiesbaden fahren. In Wiesbaden ist er schon gewesen, in Mainz nicht. Im Grunde ist es egal.

Er drückt auf die Taste des Automaten, sieht, dass er fünf Mark zahlen muss, wirft das Geld ein. Mit der Straßenbahn fährt er bis zum Hauptbahnhof. Den findet Mutter schrecklich. Weil sich da immer so viele Ausländer rumtreiben. Wahrscheinlich auch Gangster. Vater sagt, die Ausländer seien es gewöhnt, sich auf dem Marktplatz zu treffen. Und nun ist eben der Bahnhof ein Marktplatz für sie. Theo gefällt es auf dem Bahnhof. Da war er schon oft, mit Detlev nach der Schule. Er kennt sich aus. Er weiß, an welchem Kiosk die Würstchen billiger sind. Er weiß auch, dass alle belegten Brötchen viel zu teuer sind. Da werden die Reisenden ganz schön beschummelt. Er sucht unter »Abfahrt«, wann Züge nach Mainz gehen. Er will nicht gleich den nächsten nehmen, sondern sich Zeit lassen, rumstromern. Hier, unter den vielen Leuten, fällt er nicht auf.

Auf der Rolltreppe fährt er hinauf in das große Postamt. Dort setzt er sich an eines der langen Schreibpulte, neben eine alte Frau. Sie füllt ein Formular aus, eine Geldüberweisung. Er guckt ihr zu. Nach einer Weile sagt sie ärgerlich: Wenn du schon so neugierig bist, kannst du mir auch das Geld geben, das ich wegschicken muss.

Theo rutscht von dem Hocker, verdrückt sich. Er hat Hunger. Er ist richtig überrascht, als er merkt, dass sein Magen knurrt. Das Pausenbrot hat er im Ranzen gelassen. Schön blöd. Das wird in drei Tagen stinken. Er geht zu dem Kiosk, wo es die billigen Würstchen gibt, und stellt sich hinter einem Mann an, der nach Schnaps riecht. Ihm wird ein wenig schlecht. Vom Hunger kann einem übel werden. Doch auch von der Angst. Er weiß plötzlich, dass es nicht Hunger ist, sondern Angst. Er hat gedacht, der Bahnhof ist ihm vertraut, da muss er sich nicht fürchten. Die Angst ärgert ihn so, dass er laut vor sich hin sagt: Große Scheiße.

Der Mann vor ihm dreht sich um und guckt ihn vorwurfsvoll an. In deinem Alter!, sagt er.

Theo nickt nur. Besser, sich mit niemandem einlassen.

Er bekommt die Wurst und dazu ein pappiges, schrumpliges Brötchen. Nun hat er keinen Hunger mehr. Mit Mühe würgt er die Wurst runter.

Vielleicht ist es besser, doch gleich zu fahren.

In dem Augenblick, als er sich dazu entschließt, nähern sich zwei Bahnpolizisten dem Kiosk. Ob die schon nach ihm suchen? Das ist unmöglich. Aber vielleicht fahnden die überhaupt nach streunenden Kindern. Das könnte sein.

Theo sieht sich um: Wo kann er sich verstecken? Die Polizisten sind schon ganz nah, und er meint, sie sehen ihn prüfend an. Er schaut weg, spielt den Gleichgültigen. Kaut, obwohl der Mund leer ist. Macht ein Gesicht, das brav aussehen soll.

Genau den Platz zwischen ihm und den Bahnpolizisten kreuzt ein Mann, nein, ein sehr feiner Herr. Er hat einen dunkelblauen engen Mantel an, der aussieht wie eine zu groß geratene Jacke, und trägt einen kanariengelben Lederkoffer.

Theo springt mit einem Satz neben ihn, schaut flüchtig zu ihm hoch und geht im Gleichschritt mit ihm. Sollen die doch denken, er hat den feinen Pinkel abgeholt. Der ist mein Onkel oder mein Vater. Der Mann bemerkt seine neue Begleitung erst nach einiger Zeit. Er bleibt stehen, setzt den Koffer ab.

Theo bleibt ebenfalls stehen und lächelt den Herrn an. Aber ganz schnell hat er sich doch nach den Polizisten umgesehen. Die sind noch immer in der Nähe. Also lächelt er heftiger.

Sag mal, was fällt dir denn ein?

Sie haben einen so schönen Koffer.

Na und?, fragt der Mann wütend.

Na ja, sagt Theo.

Willst du mich ärgern?, fragt der Mann.

Nein, nein, bestimmt nicht. Theos Stimme bekommt beinahe einen flehenden Ton.

Der Mann nimmt den Koffer wieder auf, wirft Theo einen bösen Blick zu, geht weiter.

Und wieder marschiert der Junge neben ihm her.

Verschwinde!, ruft der Mann.

Gleich?, fragt Theo.

Du bist wohl nicht ganz dicht?, fragt der Mann.

21

Nein, sagt Theo, und weil er die Unterhaltung komisch findet, ist ihm endlich wieder zum Lachen zumute und die Angst ist verflogen.

Tschüs!, ruft er und rennt weg. Er läuft Slalom zwischen den vielen Leuten. Die Polizisten sind verschwunden. Der Mann ist über den plötzlichen Abschied des aufdringlichen Jungen so verdutzt, dass ihm der Koffer aus der Hand fällt.

Auf Bahnsteig 15 steht bereits der Zug nach Mainz. Bis zur Abfahrt hat Theo beinahe eine halbe Stunde Zeit. Er steigt ein, sucht sich einen Platz. Der Wagen ist noch leer. Die Leute, die hereinkommen, achten nicht auf ihn. Für sie ist er wohl ein Schuljunge, der nach Hause fährt. Dass er keine Schultasche hat, fällt nicht auf. Theo fühlt sich jetzt sicher. Abhauen ist doch einfach!

Der Schaffner pfeift. Der Zug ruckelt an. Allmählich wird er schneller. Sie fahren über die Mainbrücke, halten gleich wieder. Niederrad!, ruft der Schaffner.

Theo denkt: Es ist schon dumm, dass ich einen Bummelzug genommen habe. Ein D-Zug wäre schöner gewesen. Aber auch wieder teurer.

Als sie in Rüsselsheim einfahren, sieht er, dass auf einem kleinen freien Platz ein Karussell aufgebaut wird, fast schon fertig dasteht, und dazu ein Autoskooter und ein paar Buden.

Der Zug hält. Theo bleibt sitzen. In seinem Kopf gehen die Gedanken durcheinander.

Ich habe eine Fahrkarte nach Mainz. Rüsselsheim ist noch so nahe bei zu Hause. Da können die mich leicht

erwischen. Aber der Autoskooter und das Karussell und alles andere! Da sind immer Kinder. Da findet mich niemand.

Mit dem Pfiff des Schaffners springt Theo auf, tritt der Frau, die neben ihm sitzt, auf den Fuß. Die stößt einen Schrei aus: Aua, du Lümmel! Aber er ist schon an der Tür. Der Zug ist angefahren. Er springt ab. Er hört Schimpfen, Fluchen, saust den Bahnsteig lang zum Fußgängertunnel, die Treppe hinunter. So, da kann er verschnaufen. Er wischt sich den Schweiß aus dem Gesicht. Es ist sehr heiß geworden. Daheim würde er jetzt ins Stadionbad gehen, mit Detlev und den andern. Noch hätte er Zeit umzukehren. Mutter würde höchstens ein wenig meckern. Mehr nicht.

Nein!, sagt er sich. Und dann am Abend wieder der Krach zwischen den beiden. Mich lassen sie nichts sagen. Mich schreien sie nieder. Oder Vater ist besoffen und schlägt. Und gleich darauf tut es ihm Leid.

Als müsste es so sein, als würde sie ihn locken wollen, ist auf einmal Musik zu hören. Wahrscheinlich probieren sie die Lautsprecher vom Karussell und vom Autoskooter aus. Er geht einfach der Musik nach.

Es ist ein sehr kleiner Rummel. Die Buden stehen eng und der Autoskooter hat kaum Platz. Das Karussell ist winzig. Er ist ein bisschen enttäuscht. Die Buden haben alle auch noch geschlossen. Immerhin kann man da Blumen und Puppen schießen. Das hat ihm Vater beigebracht.

Er schlendert herum. Einige Frauen und Kinder warten darauf, dass das Karussell den Betrieb aufnimmt.

Ein junger Mann mit ölverschmiertem Gesicht befestigt die kleinen Autos. Dabei wird ihm von ein paar Kindern geholfen. Sie schleppen die Autos, Motorräder und Traktoren heran. Er geht auf die Kinder zu. Langsam. Sie sollen nicht denken, dass er was will. Nur mal fragen. Oder zusehen. Wie's kommt.

Sauhitze, stöhnt der Karussell-Mensch und verschmiert sich das Gesicht mit der dreckigen Hand noch mehr.

Pass doch auf, Mann!

Theo hat gar nicht gemerkt, dass er den Jungen, die mühsam ein Feuerwehrauto tragen, im Weg steht. Hastig weicht er ihnen aus.

Du kannst ja helfen, wenn du schon so doof rumstehst, murmelt einer der Jungen.

Das Karussellauto ist tatsächlich schwer. Nachdem sie das sperrige Minifahrzeug auf die hölzerne Plattform gewuchtet haben, stöhnen alle auf.

Übertreibt bloß nicht! Der junge Mann grinst. Ich glaub, ihr wollt bloß zehn Pfennig mehr rausschinden.

Kriegen wir das Geld jetzt?, fragt der Kleinste, der trotzdem der Anführer zu sein scheint.

Gleich. Das zahl ich nicht aus.

Ach so. Das hört sich enttäuscht an. Wahrscheinlich vermutet der Junge jetzt, dass sie angeschmiert werden. Er wendet sich Theo zu und sagt unheimlich scharf: Glaub bloß nicht, dass du auch was bekommst. Du hast erst ganz am Schluss mitgeholfen.

Will ich auch nicht, sagt Theo. Bestimmt nicht.

Bist du von hier?

Aus Frankfurt.

Wie kommst du denn hierher?

Schon wieder muss er lügen. Aber anders geht es nicht. Das ist schlimm und macht ihn traurig. Was soll er denn sagen? Die Jungen sehen ihn schon misstrauisch an.

Ich bin hier mit meiner Mutter. Die besucht ihren Bruder.

Ach so. Wie heißt du?

Theo.

Ich heiße Michael.

Die anderen sagen auch ihre Namen, aber durcheinander, dass er sie nicht versteht. Ist auch egal.

Also, hau ab, Theo!

Soll er sich mit Michael schlagen? Er könnte ihn zwingen. Nur ist er nicht sicher, ob nicht die anderen Michael helfen würden.

Er steckt die Hände halb in die Hintertaschen der Jeans und geht ganz ruhig zum Schießstand.

Er denkt nicht daran, denen die Freude zu machen, sich nach ihnen umzuschauen. Nur den Nacken zieht er ein bisschen ein. Falls die ihm folgen, ist er bereit zum Kampf.

Aber die quatschen schon wieder auf den Karussell-Mann ein. Er kann nicht hören, was er ihnen erklärt. Auf jeden Fall verschwinden die Jungen nach einer Weile. Der hat sie sicher vertrieben, ohne ihnen einen Pfennig zu zahlen.

Theo hat Durst, kauft sich eine Limo und setzt sich auf eine Kiste, die neben einem der Wohnwagen steht.

Wieder wird die Musik ausprobiert. Sie knallt richtig in die Stille. Theo wäre vor Schreck fast die Limoflasche aus der Hand gerutscht.

In dem Augenblick legt sich ihm eine Hand auf die Schulter. Er bleibt sitzen, schaut sich nicht um. Jetzt hat man ihn doch erwischt. So bald!

Humpf, macht es, humpf, mehrmals hintereinander.

Womöglich ist das gar keine Menschenhand, sondern eine Bärenpratze, die er immer schwerer spürt.

Humpf! Humpf! Geh mal weg von der Kiste, Bursche, da muss ich rein.

Theo springt auf, versucht, sich der Hand zu entwinden. Aber die wird nicht nur schwer, sondern hält ihn nun auch noch fest, zwingt ihn, sich umzudrehen.

Was er sieht, ist seltsam und lustig. Vor ihm steht ein alter Mann, der nicht viel größer ist als er, doch sicher viermal so breit. Ein Tonnenbauch hängt über eine schmuddlige grüne Samthose. Außerdem hat der Mann keinen Hals. Der kugelrunde Glatzkopf sitzt direkt auf dem Rumpf.

Humpf! Wo kommst du denn her?

Ich bin hier zu Besuch.

Wo?

Bei meinem Onkel. Der ist der Bruder von meiner Mutter.

Humpf! Der alte Mann fragt nicht weiter. Ein Zuruf des dreckigen Karussell-Burschen lenkt ihn ab.

Häää?, fragt er zurück.

Der Bursche kommt mit wiegenden Schritten über den Platz. Er geht wie ein großer Filmheld, wie Gary

Cooper oder Bud Spencer. Die Hände in die Hüften ge-
stemmt. Nur ein Colt fehlt. Und so ölverschmiert ist ein
Westernheld nie. Nein.

Was ist, Jecky?, fragt der Alte.

Der Karussell-Cowboy heißt also Jecky.

Wir können anfangen, sagt Jecky. Setz dich an die
Kasse, Papa Schnuff.

Theo unterdrückt ein Kichern. Papa Schnuff! Ist das
ein Name!

Was gibt's denn zu lachen, ha? Jecky ist deutlich sauer. Solche Schmutzarbeit stank ihm anscheinend.

Das ist so ein lustiger Name.

Was? Jecky?

Nein: Papa Schnuff!

Jecky war zwar schlecht gelaunt, nicht aber Papa
Schnuff. Kannst du dir nicht denken, warum ich so heiße, humpf?

Ja, wegen Ihrem Humpf. Weil Sie immer so schniefen.

Papa Schnuff schiebt Theo vor sich her. Hinüber zum
Karussell. Sag bloß du zu mir und Jecky. Bei uns Schau-
stellern gibt's kein Gesieze. So fein sind wir nicht,
humpf. Wie heißt du denn?

Theo.

Na ja, das ist auch 'n Name. Humpf. Hast du keinen
Spitznamen?

Doch.

Na, sag schon, humpf?

Bims.

Papa Schnuff macht einen Satz, was bei ihm so aussieht, als hüpfte ein riesiger Ball, und ruft Jecky zu: Der

28

heißt Bims! Bims! Der passt mit seinem Namen richtig zu uns, humpf.

Jecky nickt bloß müde. Dann verschwindet er hinter einem Wohnwagen. Die Arbeit hat ihm wohl die Laune verdorben.

Ist Jecky dein Sohn?

Nein, Bims, auch nicht mein Enkel. Der ist noch gar nicht so lange dabei. Manchmal wär's mir lieber, er wäre weg. Der ist eine riesige Tranfunzel.

Nach dem Wort »Tranfunzel« hüpft Papa Schnuff ohne jede Vorwarnung noch höher als vorher und stößt einen gewaltigen Schrei aus. Theo schreit erschreckt mit.

Die hab ich noch mal vertrieben, schnauft Papa Schnuff.

Wen denn?

Hast du die Katze nicht gesehen? Die kam von links. Wäre sie uns über den Weg gelaufen, würde uns heute sicher noch alles schief gehen.

Du bist ja abergläubisch.

Das gehört zu meinem Beruf, Bims.

Papa Schnuff öffnet die Tür zum Kartenhäuschen und Theo bleibt abwartend stehen.

Du kannst ruhig mit reinkommen, Bims.

Theo denkt sich: Es ist besser, wenn ich nicht viel frage und rede. Dann kommt Papa Schnuff auch nicht darauf, mich auszufragen.

Ihm gefällt der dicke kleine Mann. Der schimpft sicher nie, sondern brüllt höchstens wie ein Filmlöwe, und dann ist wieder alles gut. Am meisten mag er die Augen von Papa Schnuff. Die sind zwar klein, stecken richtig im Speck, doch sie wärmen einen: dunkelbraune Glühknöpfe. Und flink. Die sehen alles. Er wird aufpassen müssen. Papa Schnuff ist sicher schlau und erfahren.

Theo sieht zu, wie der Alte Münzen und Geldscheine aus seiner Geldbörse in die Kasse tut. Wahrscheinlich braucht er das Geld zum Wechseln. Dann ordnet er die gelben Marken in kleine Häufchen. Vier Marken für eine Mark. Eine Marke für dreißig Pfennig.

Sollen wir anfangen?, fragt Papa Schnuff. Was meinst du?

Ja, sagt Theo, wenn du Lust hast.

Lust ist gut, musst ist richtig. Drück mal da auf die Taste, Bims. Dann sind die Lautsprecher eingestellt und das Tonband läuft, humpf. Ich fang immer mit La Paloma an.

Ist das ein Schlager? Den kenn ich nicht.

Ein uralter, sagt Papa Schnuff. Ein schönes Lied, humpf.

Doch, das kenn ich schon, sagt Theo, als er die Musik hört.

Hast du noch Zeit, Bims?, fragt Papa Schnuff.

Theo zuckt zusammen. Er fürchtet, Papa Schnuff wird ihn nun genauer aushorchen.

Ja, antwortet er hastig.

Da kannst du mir helfen. Jecky ist jetzt nicht zu gebrauchen. Der säuft sein Nachmittagsbier. Kannst du die Marken einsammeln, Bims, humpf?

Klar, Papa Schnuff.

Papa Schnuff klatscht ihm mit seiner dicken Hand auf

die Backe und erklärt ihm, was er zu tun habe. Die Plattform im Innern dreht sich mit den Autos. Da stellst du dich drauf, ehe es losgeht, klar, Bims?

Is klar.

Wenn das Karussell sich zu drehen anfängt, nimmst du den Kindern die Marken ab. Und jetzt wird's schwierig. Siehst du, da führt ein Steg zwischen den Autos hindurch. Über den musst du rüber und abspringen. Humpf!

Das ist längst nicht so schwierig wie bei der Straßenbahn.

Halt die Klappe, humpf. Und schneid nicht so auf!

Die Musik zieht die Kinder an. Es dauert nicht lange und Papa Schnuff kann zur ersten Fahrt die Sirene tuten lassen. Es geht los. Theo hat die Marken eingesammelt. Manche Kinder, vor allem die kleinen, muss er schubsen, damit sie ihm die Marken geben. Er balanciert über den schmalen Steg. Das Karussell kreist doch schneller, als er gedacht hat. Kurz muss er sich an einem Auto festhalten. Jetzt! Er springt ab, gerät aus dem Gleichgewicht, fliegt aber nicht hin.

Gut, humpf!, ruft Papa Schnuff.

Der Platz füllt sich, auch die anderen Buden öffnen. Der Duft gebrannter Mandeln mischt sich mit dem von Bratwürsten. Theo fühlt sich wohl. Wenn er die Marken zurückgebracht hat, lehnt er sich gegen die Kassenbude, verfolgt die Fahrt. Dass die Kinder auch alle sitzen bleiben! Sonst könnte was passieren, hatte ihm Papa Schnuff eingeschärft.

Aber dann kam Jecky und machte alles kaputt. Er

hatte sich lang nicht sehen lassen. Es war noch nicht ganz dunkel, doch die Buden und der Skooter und das Karussell ließen schon die farbigen Glühbirnen leuchten. Jecky sagte, als Theo wieder die Marken einsammeln wollte: Zieh Leine!

Theo hatte es erwartet. Aber nun, als Jecky ihn so anfuhr, ihn aufforderte zu verschwinden, war er verzweifelt. Wohin? Darüber hatte er sich keine Gedanken gemacht. Papa Schnuff hatte ihm einfach ein Gefühl von Sicherheit gegeben. Jecky hat es mit zwei Wörtern zerstört: Zieh Leine!

Theo lief um das Kartenhäuschen herum, riss die Tür auf, sagte: Papa Schnuff, der Jecky will mich vertreiben.

Ist er denn wieder da, der faule Hund, humpf?, fragte Papa Schnuff.

Ja, da steht er, vorn am Karussell.

Dem werd ich was tuten, humpf, sagte Papa Schnuff. Ihr teilt euch die Arbeit. Klar? Wenn du noch bleiben kannst, Bims.

Kann ich.

Also gut, humpf.

Jecky gefiel Papa Schnuffs Anweisung überhaupt nicht. Aber nachdem er ihn ins Häuschen gerufen und ihm, wie er sagte, die Meinung gegeigt hatte, gab Jecky nach. Nur guckte er weiter finster, was Theo durcheinander brachte. Das führte dann auch zu dem Unglück. Ein großes Unglück war es allerdings nicht. Bims hatte aus den Augenwinkeln nach Jecky gelugt, ob er nicht schon ein bisschen freundlicher war. So passte er auf den Steg nicht auf, rutschte, konnte noch abspringen, stürzte aber mit Wucht nach vorn. Ein paar Leute kreischten. Papa Schnuff war so schnell wie ein Kugelblitz aus dem Häuschen, kniete neben ihm, fragte: Fehlt dir was, humpf? Er tastete ihn mit flinken, weichen Händen überall ab.

Jecky, der mit anderen Leuten neugierig herumstand, herrschte er an: Tu doch was, du Jockel, humpf!

Jecky sagte mit seiner hohen, heiseren Stimme: Was denn?

Das machte Theo zornig und er richtete sich auf.

Er kann stehen, humpf!, rief Papa Schnuff, als wäre eben eine Wunderheilung passiert.

Tut dir was weh, Bims?

Die Knie, sagte er.

Papa Schnuff bat ihn, die Hosenbeine hochzukrempeln. Die Knie waren tatsächlich aufgeschürft und bluteten.

Na ja, sagte Papa Schnuff, so was ist für einen richtigen Jungen nichts Schlimmes, und leise fügte er hinzu, ich glaube, humpf, es ist an der Zeit, dass du heimgehst. Deine Mutter soll dir Pflaster draufkleben. Ich muss wieder an die Arbeit. Sonst fehlen mir die Einnahmen, humpf. Klar?

Das war der Abschied. Ganz deutlich. Papa Schnuff wollte keine Scherereien haben. Er griff durch das Fenster des Kassenhäuschens.

Da hast du drei Mark. Das ist eine Menge. Du hast sie dir ja verdient. Mit seinen dicken Händen fuhr er Theo übers Haar. Dann hüpfte er wieder komisch und verschwand in seinen Verschlag.

Das Karussell drehte sich weiter.

Jecky grinste. Er hatte gewonnen. Ganz langsam trottete Theo, die Arme über der Brust gekreuzt, über den Platz. Papa Schnuff rief ihn nicht zurück.

Inzwischen war es dunkel. Der Hunger meldete sich wieder. Er kaufte sich eine Doppeltüte gebrannte Mandeln und eine Limo.

Zwei Stunden geht er durch die Stadt. Aus der Ferne hört er die Musik vom Rummelplatz. So hat er sich das alles nicht gedacht. Er fürchtet sich nicht mehr, aber er weiß auch nicht, was weiter geschehen soll. Soviel er sich auch überlegt, es fällt ihm nichts ein. Nichts! Soll er eine Fahrkarte lösen und zurückfahren nach Frankfurt? Sicher fährt noch ein Zug.

Nie! Vater würde ihn auslachen.

Wahrscheinlich suchen sie schon nach ihm. Mutter hat die Polizei angerufen. Vater hat sicher gesagt: Wart noch eine Weile. Aber Theo hat auch mal in der Zeitung gelesen, dass die sich gar nicht so viel Mühe geben, ausgerissene Kinder zu finden. Wenigstens in den ersten Tagen nicht. Erst, wenn die Kinder längere Zeit verschwunden sind.

Er schaut in die beleuchteten Schaufenster, sieht gar nicht, was ausgestellt ist, achtet darauf, dass er nicht auffällt. Um diese Zeit sind Kinder schon nicht mehr auf der Straße.

Irgendwo muss er ja schlafen. Die Nacht ist sehr warm. Er könnte draußen schlafen. Nur muss er einen Platz finden, wo man ihn nicht aufstöbert. Wie von selbst geht er den Weg zurück zum Rummel. Die Lichter am Karussell sind aus. Es dreht sich nicht mehr. Beim Autoskooter und an den Buden jedoch herrscht noch ein toller Betrieb. Besoffene grölen. Die Musik vom Skooter ist ungeheuer laut. Manchmal hört man das trockene Knallen von Luftgewehren.

Theo schleicht sich zu den Wohnwagen. Der eine, der aussieht wie ein auf zwei Räder gelegtes Ei, muss der von Papa Schnuff sein. Hinter den runden Fenstern brennt Licht.

Theo duckt sich, hält den Atem an. Jemand geht ebenfalls zwischen den Wagen, bleibt stehen, pinkelt, geht weiter.

Er muss sich verstecken, das ist klar. Auf Zehenspitzen geht er um den Wagen. Soll er unter ihn kriechen? Das ist kein übler Einfall. Da der Wagen aufgebockt steht, ist genügend Raum. Fast wie eine Höhle. Theo schlüpft unter Papa Schnuffs Wohnwagen. Achtet darauf, dass er nirgendwo anstößt, sucht ein halbwegs ebenes Plätzchen und rollt sich zusammen. Erst jetzt merkt er, wie müde er ist. Er denkt noch: Papa Schnuff wird staunen, wenn ich morgen noch hier bin … und schläft ein.

Anhalter auf Türkisch

Theo träumt, dass Mutter ihn am Kinn kitzelt. Ja, ich steh gleich auf, sagt er. Die verdammte Schule. Komisch, warum ist das Bett so hubbelig?

Theo setzt sich auf, knallt mit dem Kopf gegen was. Das macht ihn wach, und er weiß, wo er sich befindet: unter Papa Schnuffs Wohn-Ei. Nicht Mutter hatte ihn gekitzelt, sondern ein weiß-braun-schwarz gefleckter Köter, der mit dem Stummelschwanz zu wedeln versucht.

Hau ab, sagt er.

Der Hund denkt nicht dran, zeigt die Zähne und knurrt. Aber da werden zwei Beine sichtbar, umhüllt von weiten Ziehharmonikahosen. Der Köter verduftet.

Theo denkt: Jetzt bin ich dran.

Er ist froh, als er Papa Schnuffs Stimme hört: Raus mit dir! Los! Ich weiß schon, dass du dich da unten versteckt hast.

Nein, er will gar nicht so schnell aus seiner Schlafhöhle. Er möchte noch eine Weile Papa Schnuffs uralte Knitterhosen ansehen und sich wohl fühlen.

Na, komm schon, Bims!

Guck mal runter, Papa Schnuff!

Das kann ich nicht, humpf. Ich kann mich nicht mehr bücken.

Und dann passiert etwas Gewaltiges. Papa Schnuffs Humpf erweitert sich zum Gewitter. Zehn- oder fünfzehnmal macht es hintereinander tosend humpf!

Theo kriecht heraus, stellt sich vor Papa Schnuff auf, doch der ist mit seinem Niesen noch immer nicht zu Ende. Er wird davon richtig geschüttelt. Er hat eine Art Handtuch (mit Löchern) vorm Gesicht, und als er das wegzieht und das Humpfen aus ist, atmet er schwer, hat Tränen in den Augen, stöhnt: Huch, war das schön!

Schön?, fragt Theo zweifelnd.

Das ist mein Morgenniesen.

Es sieht so aus, als ob Papa Schnuff gut gelaunt und ihm nicht böse ist. Theo hat sich getäuscht. Der alte Mann wischt sich mit dem zerfetzten Tuch noch einmal übers Gesicht und sagt dann: Geh in den Wagen rein. Wasch dir das Gesicht und die Hände. Putz das Gras und den Dreck aus den Kleidern und kämm dich. Ich komme gleich nach.

Er gehorcht Papa Schnuff ohne Widerrede. Das war ernst gemeint. Der Wagen ist eingerichtet wie ein kleines Zimmer. Kein Krümel liegt herum. Theo wäscht sich an dem winzigen Spülbecken. Zum Abtrocknen findet er nichts.

Er hört Papa Schnuff vorm Wagen murmeln. Die Tür geht auf und der Alte fragt: Willst du frühstücken? Setz dich auf die Bank. Ich geb dir ein Glas Milch und ein Stück Brot.

Er mag Milch nicht, doch er traut sich nicht, es zu sagen. Papa Schnuff könnte vor Wut explodieren. Er ist aber sonderbar ruhig, setzt sich Theo gegenüber und sagt: Du bist also abgehauen. Hab ich mir's doch gleich gedacht.

Theo schweigt, kaut auf dem Brot herum.

Aus einem Heim?

Nein, sagt Theo.

Also von zu Hause, von den Eltern?

Theo nickt.

Papa Schnuff fragt: Wo wohnst du?

Soll er es verraten? Er guckt ins Milchglas und sagt nichts. Komisch, anschwindeln möchte er Papa Schnuff nicht.

Kommst du von weit her?

Nein, sagt Theo.

Na, sag's schon, Bims.

Aus Frankfurt.

Weit bist du nicht gerade gekommen.

Ich bin ja erst gestern weg.

Warum?, fragt Papa Schnuff.

Ich weiß nicht, antwortet Theo. Er hätte natürlich sagen können: Weil sich die Eltern wieder einmal gekracht haben. Weil Vater Mutter geschlagen hat. Aber ganz stimmte das ja auch nicht.

So was weiß man, sagt Papa Schnuff.

Ich nicht, antwortet Theo.

Das ist eine Antwort, sagt Papa Schnuff. Er redet weiter und seine Stimme ist nun sehr streng: Ich will wegen dir keine Scherereien kriegen, Bims. Die Polizei kommt jeden Tag mal und sieht sich hier um. Weil die glauben, dass wir lauter Gauner sind oder so. Wenn sie dich hier bei mir erwischen, bin ich dran. Du auch. Aber ich mehr. Ich hab die Verantwortung. Nein, das kann ich mir nicht leisten. Und Jecky wird dich sowieso verpfeifen. Das ist ein Sauhund. Der will nicht, dass ihm ein anderer was von seinem Verdienst abknapst. Du gehst jetzt, ja? Hast du Geld?

Ja, sagt Theo.

Dann kaufst du dir eine Fahrkarte nach Frankfurt.

Theo ist dem Heulen nah.

Na ja, murmelt Papa Schnuff, macht ein großes Humpf und sagt: So einfach ist das nicht, zurückzugehen. Ich versteh dich. Ich schreib dir einen Brief. Den gibst du deinen Eltern. Was ist dein Vater?

Buchhalter.

Bin ich auch manchmal, sagt Papa Schnuff.

Du?, fragt Theo erstaunt.

Was glaubst du denn, wer die Einnahmen aufschreibt, humpf, und die Ausgaben? Ich bin ganz alleine.

Hast du keine Familie?

Nein, erwidert Papa Schnuff. Das Nein sagt er so hart und fest, dass Theo zusammenzuckt.

Papa Schnuff holt aus einem Kasten, der unter der Decke des Wagens angebracht ist, einen Bogen Papier. Aus seiner Jackentasche fischt er einen Bleistiftstummel, der nicht länger als ein Fingernagel ist. So, sagt er, befeuchtet die Bleistiftspitze mit der Zunge.

Warum machst du das?, fragt Theo.

Ach so. Das ist eine blöde Angewohnheit. Früher gab's Tintenstifte, die machte man feucht. Dann schrieben sie besser. Heute gibt's, glaub ich, keine mehr. Humpf. Ich weiß nicht mal, wie du mit Nachnamen heißt.

Weißbeck, sagt Theo.

Also ... Papa Schnuff schaut auf. Das stört mich, wenn

40

du mir beim Schreiben zusiehst. Geh schon mal raus und warte.

Theo setzt sich auf die Holztreppe vor der Wagentür. Es dauert ziemlich lange, bis Papa Schnuff herauskommt. Den Brief hat er zusammengefaltet. Steck ihn in die Tasche, befiehlt er, gib den Brief deinem Vater. Und jetzt: Hau ab. Mach's gut. Wenn ich Zeit hätte, würde ich dich noch auf den Bahnhof bringen. Wir müssen aber abbauen.

Bleibt ihr nicht länger hier, Papa Schnuff?

Nein, wir ziehen weiter.

Wohin?

Der Alte will es schon sagen, schüttelt aber den Kopf und lacht. Das werd ich dir gerade noch auf die Nase binden. Da tauchst du wieder auf wie der Teufel aus der Kiste.

Papa Schnuff klopft mit seinen dicken Händen Theos Backe. Bist 'n lieber Kerl, Bims. Mach bloß keine Dummheiten. Die können einen ein ganzes Leben lang ärgern. Los! Lauf.

Theo läuft tatsächlich zum Bahnhof. Aber als er vor dem Fahrkartenautomaten steht, stellt er sich vor, welchen Zirkus die Eltern machen würden. Wahrscheinlich müsste er auch auf die Polizei. Wie sollte er der erklären, warum er nicht nach Hause gekommen ist? Weil er es nicht mehr ausgehalten hat? Mutter würde verrückt spielen und Vater ihn vor den Polizisten lächerlich machen. Da ist er sicher.

Theo zieht den Brief von Papa Schnuff aus der Tasche. Es ist ein richtiger Geschäftsbrief mit gedruckter

Firmenangabe: *Wilhelm Stöckels Karussellbetrieb.* So heißt Papa Schnuff wahrscheinlich richtig. Theo wäre gar nicht auf die Idee gekommen, dass Papa Schnuff noch anders heißen könnte als eben Papa Schnuff. Unter dem Briefkopf steht in einer ungeheuer krakeligen und sehr großen Schrift, die sogar Frau Persig getadelt hätte:

Sehr geehrter Herr Weißbeck,
hiermit übergibt Ihnen mein Freund Bims dieses Schreiben. Es ist schlimm, wenn ein Kind davonläuft. Ich weiß es aus eigenem Erleben. Aber man muss auch denken, warum er das gemacht hat. Nun ist er ja zurückgekehrt. Das hat er mir versprochen, dass er das tun wird. Nehmen Sie ihn väterlich auf. Er ist ein netter Junge und hat vielleicht ein bisschen zu viel Abenteuerlust. Was bei Jungen ja nichts schadet. Hochachtungsvoll

Wilhelm Stöckel

Theo setzt sich auf eine Bank, liest den Brief ein paar Mal. Papa Schnuff drückt sich ein bisschen geschwollen aus. Doch der Brief ist lieb. Und er schreibt: »Ich weiß es aus eigenem Erleben ...« Ist er als Junge selber mal ausgerissen? Das heißt es doch? Schade, jetzt kann er ihn nicht mehr fragen. Und zurückgehen darf er nicht. Das hat ihm Papa Schnuff klargemacht. Trotzdem wird er nicht nach Hause fahren. Und Geld für eine Fahrkarte wird er auch nicht ausgeben.

Obwohl es noch früh ist, sticht die Sonne. Vielleicht wird es ein Gewitter geben. Er muss hier wegkommen.

Er geht den Schildern nach, auf denen *Mainz* und *Autobahn* steht. Die Straße wird breiter, am Rand sind nur noch Fabrikgebäude. Hier kann er ein Auto anhalten. Mit Detlev hat er das ein paar Mal ausprobiert. Wenn sie aus der Schule kamen, haben sie sich an den Straßenrand gestellt, gewinkt und dem anhaltenden Autofahrer gesagt: Wir möchten zur Hauptwache. Meistens wurden sie mitgenommen. Mutter hat er davon nie erzählt, weil sie so ängstlich ist.

Er fängt an, den Autos zu winken. Schon das dritte oder vierte hält an. Der Wagen fährt ein Stück weiter, Theo muss ihm nachrennen.

Der Fahrer beugt sich über den leeren Beifahrersitz, macht die Wagentür auf. Es ist ein Mann mit straff zurückgekämmtem grauem Haar und einem seltsamen flachen Gesicht. Wie ein Pfannkuchen mit Augen.

Wo willst du hin?

Er erschrickt. Das hat er sich noch gar nicht überlegt.

Mainz, sagt er.

Ich fahr weiter, nach Trier, aber ich kann dich an der Ausfahrt absetzen.

Theo schiebt sich auf den Beifahrersitz und nickt.

Der Mann schaut ihn prüfend an: Müsstest du nicht in der Schule sein?

Schon. Aber ich hab heute frei.

Nun fürchtet Theo, dass der Mann ihn doch nicht mitnimmt. Vielleicht ist es klüger, er steigt von selber aus. Da fährt der Mann los.

Also gut, bis Mainz. Bist du von dort?

Ja.

Hoffentlich fragt er ihm kein Loch in den Bauch. Außerdem riecht er scheußlich nach Parfüm oder nach Rasierwasser.

Warum fährst du per Anhalter?

Ich muss sparen.

Aha, du musst sparen, sagt der Mann. Wie er das sagt, gefällt Theo nicht: so spöttisch, so listig.

Kann ich ein bisschen schlafen?, fragt Theo. Ich bin müde. Er will nur, dass der Mann ihm keine Löcher in den Bauch fragt. Der fragt hämisch: Du hast wohl die letzte Nacht gefeiert, was?

Dem werd ich's geben, denkt Theo, dem blöden Hund. Ja, sagt Theo. Meine Großmutter in Rüsselsheim hat Geburtstag gehabt.

Ach so. Der Mann sackt richtig zusammen. Wahrscheinlich hatte er eine dümmere Ausrede erwartet. Das war nun wirklich gut gelogen.

Sie haben die Autobahn erreicht, der Wagen fährt schnell und der Mann holt alles aus ihm raus. Er fährt nur auf der linken Spur.

Schnall dich an, sagt er.

Theo tut es, lehnt sich dann zurück. Die Bahn vor sich sieht er als grauen Streifen. Die Landschaft fliegt vorüber. Er wollte eigentlich gar nicht schlafen. Nun schläft er ein. Er träumt davon, dass ihn der Köter von heute Morgen beschnüffelt, ihn dauernd mit seiner Schnauze stößt. Es ist aber gar nicht der Hund. Es ist die Hand des Fahrers, die sein Bein tätschelt. Daran wacht er auf.

Er beginnt wie wild zu denken. Lauter ungenaue Gedanken schießen durch seinen Kopf. Das ist womöglich so ein Wüstling, wie es manchmal in der Zeitung kam. Und Mutter hat ihn auch gewarnt. Vater hat allerdings über solchen Quatsch, wie er die Geschichten nannte, gelacht. Er hat gesagt: Der Theo wird sich gegen so einen schon wehren können.

Ach, du bist aufgewacht, sagt der Mann. Die Hand nimmt er aber nicht weg.

Ja, sagt Theo.

Was soll er tun? Soll er den Mann bitten, das zu lassen? Soll er ihm auf die Hand schlagen?

Ich muss mal pinkeln, sagt er.

Das fehlt gerade noch, sagt der Mann. Dringend?

Gleich. Furchtbar dringend. Theo macht seine Stimme weinerlich.

Die Hand des Mannes drückt ein wenig fester auf Theos Bein.

Kannst du nicht noch ein Stück warten? Wir sind doch so gut in Fahrt.

Nein, bestimmt nicht. Auch wenn der Mann freundlich war, irgendetwas stimmte nicht bei ihm. Sie flitzten an einem blauen Schild mit großem weißem P vorüber und Theo rief: Jetzt kommt ein Parkplatz! Der Mann fuhr mit der gleichen Geschwindigkeit weiter.

Bitte!, flehte Theo. Ich mach sonst in die Hose.

Der Mann bremste scharf, so dass Theo in den Sicherheitsgurt fiel, und sagte: Du benimmst dich ja wie ein kleines Mädchen.

Theo sagte kein Wort mehr, achtete nur darauf, dass der Mann auch wirklich in den Parkplatz einbog. Vor einer Gruppe von Bänken standen zwei Lastwagen. Die

Fahrer unterhielten sich, große Kerle mit offenen Hemden.

Unauffällig hatte er die Schließe des Sicherheitsgurts geöffnet, und der Wagen hielt noch nicht, da war er schon draußen.

Er rannte hinter einen Busch, pinkelte, überlegte, ob er einfach übers Feld davonrennen sollte. Weg! Aber die Lastwagenfahrer könnten ihm genauso helfen. Da war er sicher.

Die Wagentür stand noch offen. Der Mann mit dem Pfannkuchengesicht schaute ihm entgegen. Theo blieb in einem guten Abstand zum Auto stehen und schrie: Ich komme nicht weiter mit. Danke!

Der Mann stieg aus, Theo wich zurück, er war bereit wegzurennen.

Mach doch keinen Unsinn, sagte der Mann, ich bring dich bis zur Mainzer Ausfahrt.

Nein!, schrie Theo.

Also, stell dich doch nicht so an!

Theo rief: Ich zeig Sie an!

Als er das rief, schämte er sich schon. Vielleicht war das gar nicht so einer. Vielleicht hatte er ihm nur helfen wollen.

Und du! Was sagst du, wenn ich dich der Polizei melde?

Der Mann war wütend. Er musste doch ein schlechtes Gewissen haben. Er setzte sich ins Auto, schlug die Tür zu.

Die beiden Lastwagenfahrer waren neugierig näher gekommen. Der eine von ihnen hatte beinahe braune

Haut und schwarzes, öliges Haar. Ist was?, fragte er. Du Streit? War das Vater?

Theo schüttelt sich. Nein! Das war nicht mein Vater. So einer nicht.

Machst du Anhalter? Der Lastwagenfahrer war ein Ausländer. Er hatte eine schöne, dunkle Stimme.

Ja.

Weg von zu Hause?

Warum fragen ihn das alle gleich immer? Sieht man es ihm an? Warum zwingen sie ihn zu schwindeln? Den Lastwagenfahrer möchte er eigentlich nicht anlügen.

Nicht so richtig, sagt Theo.

Ein bissel? Der Mann lacht. Der andere auch. Theo nickt. Aber so, dass man es kaum sieht.

Wo musst hin?, fragt der Mann. Ich bin Kemal. Und der ist Fiete. Kollege von mich.

Von mir, verbessert Fiete.

Ist egal, sagt Kemal, Hauptsache Kollege. Auch mit falsche Sprach.

Ich heiße Theo.

Na, wo möchtest hin, Theo?

Theo murmelt undeutlich: Über Mainz und so.

Kemal, der ihn nicht verstanden hat, fragt: Koblenz?

Ja! Kemal hatte ihm, ohne es zu wissen, geholfen. Es war ihm kein Ort eingefallen. Und Mainz war er schon zu nahe. Ja, sagt Theo eifrig. Bei Koblenz. Bei Koblenz ist das. Da muss ich hin.

Soso, sagt Fiete nachdenklich. Er ist misstrauischer als Kemal. Er glaubt ihm nicht. Und als Kemal sagt: Los geht's, und sich fragend an Theo wendet: Willst zu

Fiete? Willst zu mich? Fahren beide Koblenz, da antwortet Theo schnell: Zu dir, Kemal.

Kannst schon zu Wagen gehen. Erster ist meiner.

Die beiden Männer entfernen sich von ihm und reden heftig aufeinander ein. Sicher beraten sie über ihn. Vielleicht will Fiete nicht, dass Kemal ihn mitnimmt. Oder sie besprechen, wie sie ihn bei der Polizei abgeben können. An der Autobahn gibt es ja Polizeistellen.

Theo steigt noch nicht in den Lastwagen ein. Er hält es für klüger, auf Kemal zu warten. So könnte er im letzten Moment noch abhauen, falls er Kemal ansieht, dass der ihn verschaukeln will.

Aber Kemal lacht und haut Fiete auf die Schulter.

Es ist nicht einfach, in das Fahrerhaus zu gelangen. Kemal gibt ihm einen Schubs, so dass er auf den Sitz fliegt. Dann knallt er die Tür hinter ihm zu, singt irgendwas und steigt, nachdem er um das Auto herumgegangen ist und die Reifen geprüft hat, ein.

Is schön?, fragt er.

Toll, sagt Theo. Er hat noch nie in einem Lastwagen gesessen. So hoch über allem. Wie ein König. Hier oben kann ihm niemand was anhaben. Er sieht weit über alles hinweg und die anderen Autos schrumpfen.

Dahint' ist mein Schlafzimmer, sagt Kemal und zieht einen Vorhang zur Seite.

Die Schlafkoje geht über die Breite des Fahrerhauses. Kemal muss sehr ordentlich sein. Die karierte Decke auf dem Bett hat nicht eine einzige Delle und in einer Vase an der Seitenwand stecken Blumen.

Du hast es richtig gemütlich, sagt Theo. Wäre ich nur

ein paar Jahre älter, denkt er, dann könnte ich mit Kemal fahren und hätte einen prima Kumpel.

Fährt sonst niemand mit dir, Kemal?, fragt Theo.

Doch. Bloß diesmal kurze Strecke. Da muss nicht sein.

Fietes Lastwagen donnert an ihnen vorüber. Kemal winkt. Theo auch. Obwohl er wieder Angst hat, dass Fiete ihn verraten könnte.

Als hätte Kemal Theos Gedanken gelesen, sagt er: Fiete gute Mensch. Hat Sorge über dich.

Um mich?, fragt Theo.

Kemal verzieht das Gesicht. Mach bloß nicht dauernd Besserwisser wie Fiete.

Er dreht den Zündschlüssel um, drückt den Schalthebel nach vorn und der schwere Wagen rollt an. Über dem dröhnenden Motor bebt das Fahrerhaus. Theo fühlt sich wunderbar. So, als hätte er die Kraft dieses Ungetüms.

Es beginnt zu regnen. Die dicken Tropfen platzen an der Scheibe.

Schade, sagt Theo.

Schön, sagt Kemal. Luft war zu heiß. Hast du Durst?

Theo nickt und Kemal zeigt auf die Tasche zu seinen Füßen. Is was drin, hol Thermosflasch raus!

In der Flasche ist lauwarmer Tee. Theo trinkt gierig, und er merkt, dass sein Bauch leer ist. Es gluckert in ihm wie in einem Wassersack.

Hunger auch? Da is Brot.

Theo ist froh, dass Kemal ihm hilft, ohne weitere blöde Fragen zu stellen. Das Brot ist mit einer scharfen

Wurst belegt. Die macht ihn durstig. Er wird noch einmal Tee trinken müssen.

Eine Weile schweigen sie. Theo späht durch die Scheibe. Es sieht aus, als sauge der Lastwagen das Band der Autobahn ein. Er stellt sich vor, dass die Straße eine breite Schnur ist, die von Kemals Laster einfach aufgerollt wird. Und hinter ihnen ist, zum Erstaunen der Autofahrer, die Autobahn verschwunden. Vielleicht breiten sich da wieder Wiesen aus. Ja, sie nehmen die Straße einfach mit. Sie sind die Letzten. Das erzählt er Kemal.

Der lacht, hopst auf seinem Sitz und macht mit dem Laster ein paar Schlenker. Wär prima, Theo, bloß hätt ich bald kein Job. Weil ich alle Straßen geschluckt. Und wo dann fahren?

Der Regen ist inzwischen zum Wasserfall geworden. Es blitzt und donnert. Die Autos müssen langsam fahren und schon am Nachmittag die Lichter anmachen. Kemal erklärt, es sei vernünftiger, sie hielten auf einem Parkplatz an. Er habe Zeit, müsse erst morgen wieder auf große Tour.

Wohin fährst du?

Nach Rom, antwortet Kemal. Beinahe hätte Theo gebeten: Nimm mich mit! Er verschluckt den Satz gerade noch, mit dem er sich verraten hätte.

Doch Kemal kann anscheinend hellsehen oder mitdenken. Auf jeden Fall sagt er: Wärst gern mit nach Rom, wie?

Theo presst die Lippen zusammen.

Was meinst, Junge, was die an der Grenze würden sagen? Ob ich Jungen verkaufen möcht oder entführen? Theo lacht, Kemal legt ihm eine Hand auf die Schulter, leicht und freundlich: Nicht wahr, abgehauen bist?

Kemal stellt den Motor ab. Die plötzliche Stille ist Theo nicht besonders angenehm.

Ja, sagt er.

Hab ich mir gedacht. Kemal sieht ihn fragend an: Nicht gut zu Haus?

Eigentlich doch, sagt Theo. Aber auch wieder nicht. Ich weiß nicht. Er fügt hinzu, um Kemal zu beruhigen: Ich geh ja wieder nach Hause.

Jetzt?, fragt Kemal.

Hm, macht Theo. Sogar Kemal muss er anlügen. Es ist zum Kotzen. Viel lieber würde er ihn bitten, sein Beifahrer sein zu dürfen.

Kemal kramt in der Tasche an der Wagentür, zieht ein Ledermäppchen heraus. Siehst du, Bilder von meine Kinder. Zwei. Junge ist zwölf. Heißt auch Kemal, wie ich. Ist kleiner Kemal.

Wohnen die in Deutschland oder in der Türkei?, fragt Theo.

Hier. In Koblenz. Gehn in Schule. Laufen aber nicht weg.

Theo sagt nichts. Und Kemal sagt noch einmal, laut und zornig: Die laufen nicht weg, nie!

Wirklich nicht?, fragt Theo.

Haben lieb mich und ihre Mutter, sagt Kemal.

Magst du sie auch?, fragt Theo.

Kemal seufzt etwas auf Türkisch und sagt: Möggen? Möcht ich sie bei mir haben, immer. Wär schön. Wunderbar. Geht nicht. Die müssen zur Schul. Ich muss Auto fahrn. Aber Liebe ist da. Klar?

Der Regen hat nachgelassen. Kemal fährt an und wartet, zur Seite schauend, auf eine Antwort Theos. Die kommt nicht.

Sie fahren ab. Kemal grübelt, sie unterhalten sich nicht mehr.

Theo sieht auf einem Schild, dass die übernächste Ausfahrt Koblenz sein wird.

Bei der nächsten Ausfahrt muss ich raus, sagt er und schaut geradeaus durch die Scheibe. Die Scheibenwischer quietschen, weil es kaum mehr regnet und das Glas fast trocken ist.

Nicht Koblenz? Kemal glaubt ihm nicht.

Nein, nicht Koblenz. Ich hab doch gesagt, bei Koblenz.

Ja, das hast du gesagt.

Theo weiß, dass Kemal überlegt, ob er einfach durchfahren und ihn mitnehmen soll. Er wäre gefangen. Gegen Kemal könnte er nichts machen.

Aber als sich der Wagen der Ausfahrt nähert, fährt Kemal langsamer und hält schließlich auf dem Randstreifen an.

Willst nicht doch bis Koblenz, Theo?

Theo schüttelt den Kopf. Er kann jetzt nicht reden. Ihm ist elend. Was soll er ohne Kemal tun?

Also, dann geh. Nach Haus aber, Junge. Mach nix Blödsinn. Papa und Mama sind bloß traurig.

Kemal umarmt ihn, zieht ihn an sich und streichelt ihn. Mach gut, Theo! Er schiebt ihn vom Sitz. Geh!

Alles geschieht ganz schnell. Theo steht mit einem Mal neben dem Laster, guckt hinauf zum Fahrerhaus. Kemal winkt. Der Motor jault auf und der Wagen fährt los. Theo winkt weiter. Er kommt sich winzig vor, schutzlos. Alles um ihn herum ist plötzlich ungeheuer groß.

So wie Kemal hat ihn noch nie jemand umarmt. Vielleicht manchmal die Mutter. Aber das war anders. Kemal hat ihn umarmt, als wäre er ein Mann oder ein Held, der sich für ein großes Abenteuer verabschiedet. Aber auch wieder so, als wäre er Kemals Sohn.

Er bleibt eine Zeit lang stehen, guckt vor sich hin. Soll er wieder einen anhalten? Nein. So einen wie Kemal trifft er doch nicht gleich wieder. Er geht am Rand der Ausfahrt, bis er einen Feldweg findet. Die Sonne brennt wieder, es hat aufgehört zu regnen.

Ein Ladenmädchen und die Nacht
in der Waldhütte

In Gedanken ist Theo schon oft von zu Hause fortgelaufen. Er dachte, jetzt hau ich ab, wenn er traurig war oder trotzig, wenn Mutter ihm was verbot, wenn die Eltern stritten oder wenn ihm Frau Persig einen Brief aus der Schule mitgab. In Gedanken waren seine Fluchten auch jedes Mal toll gelungen. Er ist ein Held geworden. Er hat viele Freunde gefunden. Er ist groß geworden, hat als Mann Häuser und Brücken gebaut. Und zum Schluss ist er berühmt nach Hause gekommen, und die Eltern haben gestaunt und sich auch geschämt, weil sie ihn so schlecht behandelt haben.

Nun war es wirklich und ganz anders als in seiner Phantasie. Wie ein Held kam er sich nicht vor. Im Gegenteil, er musste darauf aufpassen, dass die Leute ihn nicht gleich als Ausreißer erkannten. Außerdem war er dreckig. Seit er von daheim weg war, hatte er sich nicht mehr richtig waschen können. Auch in Papa Schnuffs Wohnwagen nicht. Komisch, zu Hause hat ihn Mutter zum Waschen beinahe zwingen müssen. Jetzt täte er es gern von allein.

Am meisten traurig machte ihn aber, dass er nicht bei Leuten bleiben konnte, die er gern mochte. Zum Beispiel bei Kemal oder auch bei Papa Schnuff. Die konnten ihm ein bisschen helfen. Doch brauchen konnten sie ihn nicht. Wenn sie einen Jungen, der von seinen Eltern ausgerissen war, behielten, kriegten sie nur Ärger. Nein,

ein Ausreißer konnte gar kein Held sein, wie er sich das gedacht hatte. Er war immer in Gefahr, eingefangen zu werden. Aus dieser Angst kam er nicht raus.

Der Feldweg führte auf ein Dorf zu. Er musste sich noch was zu essen kaufen. Wenigstens ein paar Brötchen. Ob das in so einem kleinen Dorf richtig war? Er würde als fremder Junge auffallen. Er hätte doch noch ein Auto anhalten sollen. Nun war es zu spät. Umkehren wollte er nicht mehr. Immerhin waren die Gewitterwolken verschwunden. So bald würde es nicht mehr regnen. Das war schon was wert. Mit nassen Kleidern wollte er nicht auch noch rumlaufen.

Theo überlegt, was er in dem Dorf antworten kann, wenn man ihn fragt, woher er kommt, was er hier macht. Gute Ausreden fallen ihm nicht mehr ein. In den beiden vergangenen Tagen hat er so oft geschwindelt und er fühlt sich jetzt wie leer.

Ein Traktor überholt ihn. Theo stellt sich an den Wegrand. Der Bauer dreht sich um, sieht ihn an.

Theo möchte eine blöde Fratze ziehen: Bäh! Aber er lässt es lieber. Wahrscheinlich wundert sich der Bauer, dass Theo eine Jacke anhat. Bei der Hitze trägt kein Mensch eine Jacke. Aber als er die Schule verließ, konnte er nicht wissen, dass es so heiß sein wird. Und vielleicht kann er sie auch wieder brauchen. In der Nacht unterm Wohnwagen von Papa Schnuff war sie nützlich gewesen.

Im Dorf trifft er kaum auf Leute. Die arbeiten auf den Feldern. Man hört es. Rundum tuckern Traktoren. Er muss nicht lange nach einem Laden suchen, drückt die Tür auf und eine Klingel macht einen gewaltigen Lärm. Niemand ist in dem kleinen Geschäft, in dem alles durcheinander gestapelt ist: Konservendosen und Gläser, Schachteln, Pullover und Hemden. Fast so wie in einem Kaufhaus. Nur winzig. So einen Laden hat er noch nie gesehen. Es riecht auch nach allem Möglichen. Besonders nach Kräuterbonbons, die in großen offenen Glaskugeln auf dem Ladentisch stehen. Zwischen den Regalen taucht keine uralte Frau auf, wie er es gedacht hatte, so eine Kräuterhexe, sondern ein Mädchen, das ungefähr so alt ist wie er. Das Mädchen hat eine lustige altmodische Schürze an. Es sagt eine Weile nichts, dann legt es seine Hände nebeneinander auf den Ladentisch und fragt piepsig: Bitte?

Wahrscheinlich hat es erwartet, dass jemand aus dem Dorf im Laden ist und nicht ein fremder Junge.

Theo verlangt fünf Brötchen.

Das Mädchen reißt eine Papiertüte von einem Haken, greift in einen Korb, zählt fünf Brötchen in die Tüte. Sie macht es sehr langsam, wie in Zeitlupe. Ob sie über ihn nachdenkt?

Haben Sie – fängt Theo an. Aber er verschluckt die Frage. Er kann zu dem Mädchen ja nicht »Sie« sagen. Das Mädchen tut, als habe es das nicht gemerkt. So fragt Theo noch einmal: Hast du Wurst da?

Ja. Was für eine? Da hab ich eine Bierwurst oder eine Salami. Sie nimmt die Würste aus einem gläsernen Kasten und hält sie hoch.

Salami, sagt Theo. Und bitte in Scheiben.

Aber wie viel?, fragt das Mädchen. Sie sagt es vorwurfsvoll, so, als will sie Theo klarmachen, dass er gar nicht richtig einkaufen kann.

Aber Theo hat häufig für Mutter eingekauft. So antwortet er jetzt lässig: Ein Viertel. Das hört sich an wie: Ätsch, du blöde Ziege.

Das Mädchen schaltet die Wurstschneidemaschine ein und fragt: Die Scheiben sehr dünn?

Ja, sagt Theo. Wie bei der Salami immer.

Ihre Unterhaltung ist wie ein Wettkampf. Mit jeder Frage oder jeder Antwort will es der andere besser wissen. Theo macht das Spaß.

Das Mädchen ist sehr vorsichtig an der Maschine. Er ist schon dran, sich über sie lustig zu machen, da bringt sie ihn mit einer Frage durcheinander: Bist du zu Besuch hier?

Nein, sagt er. Und erst einmal nichts weiter.

Nein?, fragt sie zurück. Sie kann sehr giftig fragen.

Ich bin mit meinen Eltern. Die sind mit dem Auto am Wald. Dort wollen wir picknicken.

Das Mädchen überlegt. Sie wird nicht gleich aufgeben. Noch langsamer schneidet sie die Scheiben von der Wurst ab.

Gemeines Aas, denkt Theo.

Macht ihr Ferien?, fragt sie.

Und Theo fällt auf sie herein: Ja, antwortet er.

Sie sagt, während sie eine Wurstscheibe auf das Papier klatscht: Aber es sind doch gar keine Ferien.

Theo hätte vor Wut am liebsten die gläsernen Bonbonkugeln vom Ladentisch gefegt.

Ja, sagt er, es sind keine Ferien.

Das Mädchen packt die Wurst ein, genießt es, ihn in die Enge getrieben zu haben. Und du? Du schwänzt?

Nein, sagt er.

Er wird dem Mädchen nichts mehr erklären. Durch Reden wird alles nur schlimmer.

Schwänzen tust du nicht?

Nein. Ich hab's eilig. Meine Eltern warten.

Das Mädchen rechnet auf einem Block, aber wieder so langsam, dass er verrückt werden könnte.

Musst du nicht in die Schule, weil du krank bist?

Er schüttelt den Kopf. Das geht dich überhaupt nichts an, sagt er.

Das macht dreivierzig. Ihre Stimme ist wieder giftig und piepsig. Es ärgert sie sicher, dass sie nichts aus ihm rausbekommt.

Er zahlt, nimmt die Tüte mit Wurst und Brötchen und sagt: Auf Wiedersehen.

Das Mädchen antwortet nicht. Er hört noch, wie es Mama! Mama! schreit. Was wird sie ihrer Mutter erzählen? Es ist egal. Auf jeden Fall darf er nicht rennen, sondern muss ruhig durchs Dorf gehen. Er darf nicht auffallen. Ein paar Mal guckt er sich um, ob ihm nicht doch das Mädchen nachkommt. Das sähe der ähnlich. Die hätte Spaß dran, ihn reinzulegen. Aber sie ist nicht zu sehen. Vielleicht telefoniert ihre Mutter mit der Polizei.

Kaum hatte er das letzte Dorfhaus hinter sich, fing er an zu rennen. Bis zum Abend war noch eine Menge Zeit. Er konnte sich in aller Ruhe einen Unterschlupf für die Nacht suchen. So wie der Wildtöter im Lederstrumpf oder der Schinderhannes, der Räuber, oder Asterix.

Theo hat eine tolle Unterkunft für die Nacht gefunden. Es ist ein kleines Holzhaus, direkt am Waldrand, mit dem Blick auf die Felder und auf das Dorf. Das Dorf ist aber schon weit genug weg, so dass er von Leuten sicher nicht gestört wird. Er hat erst gedacht, die Hütte ist verrammelt, und wollte gar nicht nachsehen, ob die Tür offen steht. Aber seine Neugier war größer. Und nun saß er vor seinem Waldhaus, aß Brötchen und Wurst, kam sich vor wie ein Waldläufer und ärgerte sich nur, dass er vor lauter Aufregung vergessen hatte, bei dem Mädchen eine Limo zu kaufen. Er merkte schon den Durst. Die Wurst schmeckte ziemlich salzig. Vielleicht würde er irgendwo in der Nähe Wasser finden.

Aber erst einmal richtete er sich ein. Die Hütte war gar nicht so verdreckt. Es lag jedoch eine Menge Gerümpel in ihr herum: zerbrochene Obstkisten, löchrige Säcke, ein verrostetes Fass, das er gleich vor die Hütte rollte. Die Kisten schichtete er aufeinander und die Säcke breitete er wie einen Teppich auf dem Boden aus. An der einen Wand stand eine Bank, sie war zwar schmal und wacklig, aber ihn würde sie aushalten. Auf ihr würde er schlafen. Es war also alles in Ordnung. Er fühlte sich wohl, musste nicht wachsam sein, vor niemandem Angst haben. Er dachte sich: Wenn ich jetzt eine Ansichtskarte hätte! Ich würde nach Hause schreiben! Die würden staunen! Die glauben sicher, dass ich heule und nicht weiß, wie es weitergehen soll. Denen zeig ich's!

Es wird langsam dunkel. Über den Hügeln färbt sich der Himmel rot. Gibt es Abendrot, ist am nächsten Tag schönes Wetter, sagt Vater immer. Das wäre gut. Er hat heute Glück gehabt, als er bei dem Gewitter in Kemals Fahrerhaus saß. Es könnte ja auch mal anders sein.

Ein Traktor nach dem anderen fährt von den Feldern weg und auf den schmalen Asphaltwegen ins Dorf. Als hätten sich alle zur gleichen Zeit verabredet. Jetzt ist keiner mehr da. Jetzt gehen die Lichter im Dorf an. Der Mond am Himmel scheint blass und durchsichtig. Es ist noch nicht Nacht und nicht mehr Tag.

Theo spürt die Müdigkeit. Er ist ganz zerschlagen. Er hat eine Menge erlebt. Heute früh hat ihn Papa Schnuff weggeschickt, und in Rüsselsheim hat er nicht gewusst, wie es weitergehen soll. Nun sitzt er hier vor der Hütte. Ganz ruhig.

Er geht in das Häuschen, lässt die Tür offen, damit seine Augen sich an die Finsternis gewöhnen, zieht die Jacke an, die er an einen Nagel gehängt hat, macht die Tür zu und legt sich auf die Bank. Die wackelt ganz schön. Er muss aufpassen, dass sie nicht zusammenbricht, wenn er sich umdreht.

Viele Gedanken und Bilder gehen durch seinen Kopf. Er kann sie nicht mehr auseinander halten. Bald schläft er ein. Noch im Einschlafen denkt er: Mensch, bin ich müde.

Er wacht auf, hört Schritte. Da geht jemand! War das im Traum? War das in der Wirklichkeit? Er setzt sich auf, zittert am ganzen Leib. Die Bank wackelt mit. Da ist jemand um die Hütte geschlichen. Es waren Schritte gewesen, vorsichtige Schritte. Ganz bestimmt! Aber er hat auch davon geträumt, dass er – er selber! – nachts im Dorf zu einem Haus geschlichen war, bei dem in einem offenen Fenster eine Flasche Limo stand. Eine Flasche war das schon gar nicht mehr. Die war fünf- oder sechsmal so groß wie sonst. Ein Limoturm. Er hatte scheußlichen Durst. Und als er der Flasche schon ganz nah war, sie beinahe fassen konnte, begann der Boden zu krachen. Es waren nicht Steine, sondern morsche Bretter wie in der Hütte. Er spürt, wie vor Schreck sein Herz ganz hart wird. Ist er an diesem Traum aufgewacht? Nein! Das Geräusch vor der Hütte hört nicht auf. Vorsichtig schiebt er sich von der Bank, damit sie nicht knirscht, schleicht sich auf Zehenspitzen zur Tür. Als er sie leise öffnen will, beginnen die Türangeln zu jammern. Er bleibt wie angewurzelt stehen. Das Rascheln nimmt für einen Augenblick zu, dann ist es wieder still. Wahrscheinlich ist es ein Häschen gewesen. Sicher! Eine Weile bleibt Theo lauschend in der Tür stehen. Der Mond und die Sterne scheinen so hell, dass er bis hinunter ins Dorf sehen kann. Dort brennt nicht ein Licht mehr. Auch die Straßenlaternen sind aus. So hat er die Nacht noch nie erlebt.

Er legt sich wieder hin. Der Durst beginnt ihn zu quälen. Die Müdigkeit jedoch ist stärker. Wieder schläft er schnell ein. Und wieder wacht er erschrocken auf. Eben hat er doch einen Schrei gehört! Dieses Mal hat er nicht geträumt, nein! Er zwingt sich, ganz ruhig zu bleiben.

Eigentlich hat er sich an die Geräusche gewöhnt. Dass hin und wieder Bäume ächzen und Blätter im Wind ra-

scheln oder dass eine Eisenbahn unten im Tal fährt –
das kennt er schon. Es muss etwas anderes gewesen
sein. Er horcht. Nichts. Schon will er sich hinlegen, als
ein gewaltiges Gekreisch und Geheule unmittelbar vor
der Hütte losbricht. Wie eine Eins steht Theo vor der
Pritsche. Ihm schlagen die Zähne aufeinander. Seine
Angst ist so mächtig, dass er wimmert und es nicht
merkt. Zwei Geister scheinen sich da zu prügeln. Sie
fauchen, kreischen, jammern wie kleine Kinder.

Theo reißt die Tür auf, schreit, brüllt, vor ihm springen aus dem Gras zwei Katzen und verschwinden in hohen Sätzen im Unterholz. Wupp! Soll er heulen? Soll er
lachen? Er fängt an zu lachen. Er lacht, bis ihm der
Atem ausgeht. Er lacht sich den ganzen Schrecken aus
dem Leib. Lachend geht er in die Hütte, schaut nach, ob
sich da nicht auch eine Katze versteckt hat. Keine Spur
von solch einem Viech.

Es ist dunkler geworden. Der Mond ist hinter einer
Wolke verschwunden, aber einige Sterne sind zu sehen.
Die Nacht ist noch längst nicht vorüber. Wieder legt er
sich hin.

Und wieder wacht er auf. Diesmal scheint die Welt
unterzugehen oder die Hütte über ihm zusammengebro-
chen zu sein. Er liegt mit dem Kopf nach unten in einer
Staubwolke. Atmet den Staub ein und hustet. Die Bank
ist zusammengekracht! Und er hat eben noch geträumt,
dass ihn der fiese Autofahrer von gestern Vormittag
nicht aussteigen lassen will. Er muss mit ihm weiterfah-
ren. Und als sie anhalten, zwingt ihn der Kerl auszustei-
gen, er muss sich an einem Hang hinter das Auto stel-

len. Der Mann befiehlt ihm, das Auto festzuhalten. Es darf nicht wegrollen, hörst du!, sagt der Schmierfink. Theo stemmt sich gegen den Wagen. Er wird es bestimmt nicht lang schaffen. Das Auto wird ihn unter sich begraben. Er wacht auf und steht auf dem Kopf. Allmählich findet er sich zurecht. Er ist doch kein guter Trapper. Mannomann! Er klopft sich den Staub aus den Kleidern, tritt zornig gegen die Trümmer der Bank und beschließt, den Rest der Nacht vor dem Häuschen zu verbringen. Es hat keinen Sinn, jetzt schon weiterzuwandern. Bei dieser Dunkelheit findet er auch kein Wasser. Und er ist inzwischen sehr durstig.

Theo setzt sich etwas abseits von der Hütte unter einen Baum und lehnt sich gegen den Stamm. Die zweite Nacht hat er fast hinter sich. Das hat ihm Vater bestimmt nicht zugetraut. Aber er wird niemandem erzählen, welche Ängste er ausgestanden hat. Woher hat er auch wissen können, dass es so viele fremde Geräusche in der Nacht gibt. Hier draußen ist es besser, da fühlt er sich nicht so beengt, so eingesperrt wie in dem Häuschen. Dass es im Wald so knackst, ist ihm immer noch ein bisschen unheimlich. Aber er weiß, es sind keine Schritte, sondern es ist das Holz, es sind die Äste. Obwohl er sich vorgenommen hat, wach zu bleiben, döst er wieder ein und wacht erst von der Wärme auf. Die Sonne steht flach über dem Hügel, die Vögel machen ein großes Geschrei: Es ist Morgen. Im Dorf tuckern die ersten Traktoren und Motorräder. Theo streckt sich, richtet sich auf. Er fühlt den Staub aus der Hütte auf der Haut. Das ist ihm unangenehm. Irgendwo muss er sich waschen können. Der Durst ist ekelhaft. Die Zunge klebt ihm am Gaumen und er kann den Mund nur noch mühsam mit Spucke füllen. Auf einem Parkplatz vor der Ausfahrt, wo er Kemal verlassen hat, war ein Kiosk. Daran erinnert er sich. Dort kann er sich eine Limo kaufen und sich auf dem Klo waschen. Vielleicht auch wieder ein Auto anhalten.

Er rennt den Hügel hinunter, quer über eine Wiese, die noch nicht gemäht ist. Einem Bauern will er nicht in die Hände laufen. Also beeilt er sich.

Abenteuer in Köln und das Ende der Flucht

Theo ist in Köln. Er steht auf dem Platz zwischen Bahnhof und Dom, den er schon auf Bildern gesehen hat. In Wirklichkeit ist der Platz viel größer. Aber den Wind hat er auf den Fotos nicht sehen können, ein toller Wind, der dauernd um den Dom herumweht. Und er hat nicht gewusst, dass der Rhein so nah ist, dass man die Schiffe tuten hören kann. Eine Gruppe von Frauen in langen schwarzen Kleidern, mit weißen steifen Hauben auf dem Kopf, zieht an ihm vorbei. Es kommt ihm vor, als schwebten sie, als müssten sie gar nicht gehen. Er weiß, es sind Nonnen. Als er an einem Sonntag mit seinen Eltern in Seligenstadt war, sind ihnen Nonnen begegnet. Aber hier in Köln gibt es Nonnen anscheinend in Massen.

Er hat es geschafft, an einem Vormittag nach Köln zu kommen. Dreimal hat er sich absetzen lassen. Um nicht aufzufallen, hat er immer die nächste große Stadt genannt, die auf den Schildern stand. Erst Koblenz, dann Bonn, zuletzt Köln. Die Autofahrer hatten ihn nicht viel gefragt oder er war schon geschickter im Lügen. Der letzte, der zwischen Bonn und Köln, hat ihm ein großes Stück Streuselkuchen angeboten.

Theo steigt auf die Terrasse am Dom. Da oben wandert er ziellos herum. Er will in den Dom hinein, doch da verlangt einer Eintritt. Dafür will er sein Geld nicht ausgeben. Er weiß nicht, was er anfangen, wohin er gehen soll. Es wäre schon prima, man wüsste in einer fremden Stadt jemanden, an den man sich wenden kann. Aber wenn es Bekannte oder Freunde wären, ging es doch nicht. Die würden die Eltern anrufen.

Er mischt sich unter die Leute, lässt sich mitziehen. Es ist wie ein Strom. Dieser Strom treibt ihn in eine nicht besonders breite Straße, in der keine Autos fahren dürfen und in der es von Menschen wimmelt. Auf einem Schild liest er, dass es die »Hohe Straße« ist.

Er schaut in die Schaufenster, ohne hinzugucken. Er ist viel zu aufgeregt. Hier muss er eigentlich nicht misstrauisch sein, hier ist er einer unter vielen anderen. Soll er den ganzen Tag in dieser Stadt bleiben? Einfach immer hin und her spazieren? Es passiert immer etwas. Da streiten zwei Frauen miteinander, dort singt ein junger Mann und spielt auf der Gitarre. Die Leute reden ganz anders als in Frankfurt. Es hört sich lustig an. Dauernd kommen ös oder üs vor, Köpp und Lütt. Er versteht längst nicht alles.

Vor einem Geschäft sind zahllose Kisten und Körbe mit Obst und Gemüse aufgebaut. Die Orangen sind besonders groß, die Äpfel sind auf Hochglanz poliert und solche schwarzen Kirschen hat er noch nie gesehen. Er hat noch genügend Geld. Er könnte sich was kaufen. Aber der Verkäufer ist gerade damit beschäftigt, einen zu großen Blumenkohl in eine zu kleine Papiertüte zu stopfen. Der wird nichts merken. Im Vorbeigehen grapscht Theo einen Apfel und steckt ihn in die Tasche. Er geht weiter, als ob nichts passiert wäre. Nach ein paar Schritten beginnt er dennoch zu laufen. Jemand packt ihn am Arm. Theo will sich losreißen, die Hand krallt sich fest. Er gibt auf, bleibt stehen. Er hat gedacht, dass es der Verkäufer ist, hat sich auf einen Erwachsenen gefasst gemacht, womöglich auf einen Polizisten. Neben ihm steht ein Junge, älter als er, vielleicht vierzehn.

Lass mich los, sagt Theo.

Was hast'n du da in der Tasche? Der Junge hat eine heisere Stimme. Wahrscheinlich klingt die immer so.

In welcher Tasche?

Sei nicht so blöd. Du weißt genau, was ich meine.

Theo schweigt, legt die rechte Hand auf die Hosentasche.

Jetzt hast du dich verraten.

Theo zieht die Hand wieder weg, als wäre der Apfel plötzlich heiß wie ein Bratapfel.

Du hast geklaut. Gib's zu.

Theo schüttelt den Kopf.

Der Junge grinst übers ganze Gesicht, lässt ihn zwar nicht los, lockert jedoch den Griff.

Das war gekonnt!

Der will gar nichts von ihm! Der will ihm nur sagen, dass er prima geklaut hat. Dennoch bleibt Theo wachsam. Reinlegen lassen will er sich nicht. Theo hat auch allen Grund dazu. Der Junge ist nämlich gar nicht allein. Zu viert stehen sie plötzlich um ihn herum. Wenn sie es bös mit ihm meinen, ist er gefangen.

Der Junge lässt Theo los. Machst du das oft?, fragt er.

Nein, das war das erste Mal, sagt Theo leise.

Dann war's schon klasse. Der Junge mustert ihn. Wo wohnst du?, fragt er.

Nicht hier.

Das kann ich mir denken. Der Junge lacht. In der Hohen Straße wohnt kein Mensch. Da gibt's bloß Geschäfte.

Ich bin zu Besuch in Köln, sagt Theo.

Wo kommst du her?

Aus Frankfurt, sagt Theo.

Er erwartet nun die Frage, ob er nicht zur Schule muss, aber der Junge fragt: Kommst du mit? Hast du Zeit?

Theo nickt. Er hält es für besser, noch nicht viel zu reden.

Ich bin der Pitter, sagt der Junge, zeigt auf die andern: Das sind Jan, Bert und Stefano.

Ich heiße Theo.

Pitter schiebt Theo vor sich her. Die anderen Jungen schließen sich an. Sie kommen in eine weitere Fußgängerstraße, die sich zu einem Platz hin öffnet. Das ist der Neumarkt, erklärt Pitter. Jetzt ist es nicht mehr weit.

Theo möchte fragen, was sie vorhaben. Er traut sich nicht, schämt sich über seine Wehrlosigkeit. Er zieht den Apfel aus der Tasche, hält ihn Pitter hin. Willst du?

Iss'n selber, sagt Pitter karg.

Pitter ist kräftig. Seine Jeans sind fabelhaft ausgeblichen und das karierte kurzärmelige Hemd trägt er offen bis zum Gürtel. Er muss sich am linken Arm verletzt haben. Um den Ellenbogen ist eine schmutzige Binde gewickelt. Die anderen Jungen sind ähnlich angezogen wie Pitter, und alle, auch Pitter, haben um den Hals eine Schnur, an der eine Spinne aus Kunststoff baumelt. Der Kleinste, den Pitter Bert genannt hatte, scheint auch der

Lustigste zu sein. Dauernd kaspert er, schneidet Gesichter. Er hat Stoppelhaare und einen kugelrunden Kopf. Er ist ein richtiges Mondgesicht.

Bert sagt ein Wort, das Theo rettet.

Sie ziehen inzwischen durch engere Straßen, die schon nicht mehr so vornehm sind wie die Fußgängerzone. Die Geschäfte sind kleiner und enger. Manche Häuser sehen kaputt aus, sind aber bewohnt. Vor vielen Fenstern hängt Wäsche.

Als sie in einen schmalen Gang zwischen zwei Häusern einbiegen, spricht ihn Bert zum ersten Mal an: So was hast du noch nicht gesehen, Fremder, was?

Fremder! Das Wort ist gut. Theo sieht einen ganz in Schwarz gekleideten Revolvermann vor sich, der in eine Bar kommt, und alle Gäste treten ängstlich zur Seite. Fremder! Dieses Wort verändert seinen Gang. Er merkt es in den Beinen. Jetzt geht er wiegend wie ein Westernheld. Er steckt die Daumen in den Gürtel, winkelt die Arme an und fühlt sich ungeheuer stark und sicher. Wenn sie ihn ausfragen, wird er ein Fremder bleiben und nur antworten, wenn er will.

Sie haben einen Hinterhof erreicht, der mehr einer Müllhalde ähnelt. Pitter zieht an der Tür eines Holzschuppens. Sie fällt aus den Angeln und er muss sie anlehnen. Aber der Schuppen hat keine Rückwand. Man sieht auf ein kleines Rasenstück mit ein paar Sträuchern und einem krüppeligen Baum. Es ist eingeschlossen von Brandmauern alter Mietshäuser. Von überall hört man Stimmen, Rufe – viel Italienisch und Spanisch und Türkisch. Aber die Stimmen sind trotzdem weit weg.

Das gehört alles uns, sagt Pitter.

Sie richten sich ein, schleppen Bretter und Kisten aus dem Schuppen und bauen Tische und Bänke.

Prima, sagt Theo und ärgert sich über sich selbst, denn ein Westernheld sagt nicht »prima«, er nickt nur zufrieden und spuckt zur Seite. Das tut er nun auch.

Später erinnert er sich gar nicht mehr an das, was sie getrieben haben. Der Nachmittag verging ungeheuer schnell.

Gleich zu Beginn hatte ihm Pitter eine Zigarette angeboten. Er hatte sie angenommen, ein bisschen gehustet, sie aber zu Ende geraucht und es war ihm schwindlig gewesen. Nur einmal hatte Stefano gefragt: Was machst du eigentlich in Köln?

Theo hatte ein düsteres Gesicht gezogen und gemurmelt: Kommt drauf an.

Sie hatten Karten gespielt. Dann hatten sie aus Brettern einen kleinen Unterstand gebaut. Pitter erzählte eine Menge von seinem Vater, der oft auf Montage war, sogar in der Sahara, in der Wüste. Vielleicht schnitt er auf. Doch spannend war das schon. Einer der andern seufzte gegen Abend, wie gut ein »Rifkoche« jetzt wäre. Sein Magen hänge ihm vor lauter Hunger bis zu den Knien.

Was is'n das?, fragte Theo.

Der weiß nicht, was Reibekuchen sind! Die Jungen schlugen sich auf die Schenkel, schrien durcheinander.

Nein, sagte er ganz ruhig. Schließlich war er ein Fremder und musste nicht über alles Bescheid wissen, was hier üblich ist.

Wie heißt'n das sonst?, fragte Bert.

Ich glaub, Kartoffelpuffer, sagte Pitter.

Ach so, die kenn ich. Theo lachte mit. Kann man die bei euch kaufen? Schon gebacken?

Ja, die gibt's bei uns am Büdchen, sagte Pitter, und die schmecken prima.

Ich könnte sie einladen, dachte er und fragte: Sind die teuer?

Sie wüssten, wo es billige gäbe.

Theo zog den Geldbeutel aus der Tasche, nahm zehn Mark heraus. Es war der letzte Schein. Er tat alles übertrieben langsam, so wie er es bei den Westernhelden gesehen hatte.

Du hast ganz schön viel Moos, sagte Pitter.

Reichen fünf Mark für uns alle?, fragte er etwas ängstlich. Er brauchte ja noch Geld, wusste nicht, was noch alles passieren würde.

Längelang, sagte Bert, und Pitter forderte Stefano auf, die »Rifkoche« kaufen zu gehen. Stefano weigerte sich: Der Mann am Büdchen macht immer Spaß. Nimmt mich nicht dran. Kommen immer alle andern vor mir. Und ich muss warten.

Macht doch nix. Pitter wurde ungeduldig.

Theo fand das von Pitter gemein. Wenn ihr mir erklärt, sagte Theo, wo das Büdchen ist, kann ich ja gehen.

Ich mach's schon, sagte Bert, riss Theo den Zehnmarkschein aus der Hand und verschwand.

Die Sonne schien nicht mehr. Wolken zogen hoch. Die Luft war warm und schwer. Pitter kramte im Schup-

pen und kehrte mit zwei Flaschen Bier zurück. Es sei kein Bier, wurde Theo belehrt, sondern Kölsch. Kölsch sei was anderes als Bier, eine Spezialität. Warten wir, bis Bert zurück ist, ordnete Pitter an. Theo hatte sich in einen Winkel des Gartenhofs gesetzt und spielte wieder den Fremden. Die Arme auf die Knie gestützt, starrte er vor sich hin. Aus dem Mundwinkel ließ er einen Grashalm hängen.

Leute, jetzt gibt's was! Bert stand in der Schuppentür und strahlte. Ich teile auf, sagte Pitter. Jeder bekam anderthalb Reibekuchen. Theo zwei ganze. Sie schmeckten tatsächlich gut, vielleicht ein bisschen zu sehr nach dem Backfett, fand Theo. Sie ließen die Flaschen kreisen. Das Kölsch schmeckte doch wie Bier oder nur ein klein wenig anders und war viel zu warm. Theo fand es grässlich. Beinahe wäre ihm alles hochgekommen. Aber er hatte Hunger und das war sein Abendessen.

Danach setzten sie sich wieder zum Poker zusammen. Er merkte gar nicht, dass es dunkel wurde, bis Pitter die Karten einsteckte und sagte: Jetzt müssen wir gehen. Wortlos standen alle auf, räumten die Sachen in den Schuppen. Es fiel Theo nicht leicht, weiter den Fremden zu spielen. Er konnte Pitter nicht fragen, ob er in dem Schuppen über Nacht bleiben könne. Damit würde er sich verraten. Pitter sagte, als hätte er Theos Gedanken erraten: Nehmt die Flaschen mit. Da ist Pfand drauf. Nachts streichen hier immer Penner rum.

Theo folgte den Jungen durch den Gang. Sie achteten gar nicht mehr auf ihn. Sie gingen in eine andere Richtung als die, aus der sie am Mittag gekommen waren.

Pitter blieb stehen. Da in dem Haus wohn ich. Tschüs, Theo! Auch die andern verabschiedeten sich von ihm.

Bert sagte: Addio, Fremder! Und fragte: Kommst du wieder?

Vielleicht, antwortete Theo.

Er war wieder allein. Wo sollte er hin?

Er wanderte durch Straßen, die er nicht kannte, geriet auf den Neumarkt. Da ist es nicht weit zum Dom, zum Bahnhof. Da kenne ich mich aus, dachte er sich. Aber dann verirrte er sich doch wieder. Es war längst Nacht. Alles um ihn herum schien größer zu werden, die Häuser, die Schatten, die Menschen. Längst hatte er aufgehört, den Fremden zu spielen, den Westernhelden. Wäre ihm Vater entgegengekommen, hätte er aufgegeben. Er hatte genug. Er war leer und winzig und schwach und arm dran. Und ärgerte sich trotzdem, dass er sich so fühlte, dass er so dachte. Quatsch! Aber Besoffene, die zu dritt, Arm in Arm und grölend, auf ihn zukamen, machten ihm Angst. Er kehrte um, lief weg. Sie hatten ihn in eine Straße getrieben, die er überhaupt nicht kannte. Da waren eine Menge Bars, aus denen Musik klang. Männer standen davor und Frauen. Einige redeten ihn an. Da fing er an zu rennen. Er wusste, dass er sich damit verdächtig machte. Aber er konnte nicht anders.

Mit einem Mal war der Himmel ganz weiß. Es blitzte. Noch regnete es nicht. Es donnerte, und er hatte den Eindruck, die Erde bebte. Vor Gewittern fürchtete er sich. Zu Hause flüchtete er sich meistens zu den Eltern oder zog die Decke über den Kopf. Hier half ihm niemand. Die ersten dicken Regentropfen fielen. Kurz danach ging es los: als würden Eimer ausgeschüttet. Er war sofort nass bis auf die Haut. Kein Mensch war mehr auf der Straße zu sehen. Nur die Türen von den Bars waren offen geblieben, die farbige Leuchtreklame flimmerte weiter und die Musik aus den Lokalen war zu hören. Er stellte sich in einen Hauseingang. Der Regen ließ nicht nach. Er hockte sich hin und zwang sich, nicht zu heulen. So blieb er sitzen, bis der Regen aufhörte. Vielleicht hatte er sogar eine Weile geschlafen. Es konnte sein.

Er musste den Bahnhof finden. Aber dort war sicher Polizei. Am Ende der Straße sah er mit einem Mal den Dom. Endlich! Er rannte, freute sich und lief einem Mann geradezu in die Arme. Er hatte ihn in der Dunkelheit nicht gesehen. Oder die Freude hatte ihn blind gemacht.

Er wollte sich losreißen, doch der Mann hielt ihn fest. Was tust du denn um diese Zeit auf der Straße?, fragte er.

Theo brachte kein Wort raus.

Findest du nicht nach Hause? Bist du nicht von hier? Bist du ausgerissen? Der Mann stellte eine Frage nach der andern. Dann sagte er sehr ruhig: Komm mal mit! Er nahm Theo an der Hand und hielt ihn fest. Sie gingen ein Stück die Straße zurück, wieder vom Dom weg. Vielleicht nahm ihn der Mann mit zu sich nach Hause.

Sie hielten vor einem großen, alten Gebäude an. Über der Tür stand »Polizei«.

Im letzten Augenblick versuchte Theo wegzukommen. Der Mann presste seine Hand. Nein, sagte er. Es hat keinen Zweck. Komm!

In dem schwarzweiß gekachelten Flur brannte nur ein Notlicht. Der Mann rief: Hallo!

Ja?, antwortete jemand. Eine der Türen ging auf und ein junger Polizist trat heraus. Er sah kaum älter aus als Pitter und war ihm auch ähnlich. Was ist?, fragte er.

Der Junge da, sagte der Mann. Er hat sich allein auf der Straße herumgetrieben. Zu der Zeit! Wahrscheinlich ist er ein Ausreißer.

Das fehlt uns gerade noch, seufzte der Polizist.

Er bat sie in die Stube, in der noch zwei weitere Beamte waren, Zeitung lasen und sich nicht weiter um den Mann und Theo kümmerten. Sie setzten sich vor den kleinen Schreibtisch des Polizisten. In dem Zimmer roch es nach Kaffee. Theo hätte gern was zu trinken gehabt. Der Mann sagte dem Polizisten, wie er heißt und wo er wohnt. Sie können jetzt gehen, sagte der Polizist. Der Mann tatschte Theo mit der Hand auf den Kopf, verabschiedete sich von dem Polizisten und machte leise die Tür hinter sich zu.

Abgehauen?, fragte der Polizist.

Ich sag dem Bullen kein Wort, dachte Theo. Nichts! Nichts! Doch er war völlig erledigt. Was sollte er tun? Er legte den Kopf auf den Schreibtisch, spürte, wie müde, wie ausgehöhlt er war, und konnte das Schluchzen nicht mehr unterdrücken.

Die beiden anderen Polizisten standen auf. Alle drei standen jetzt um ihn herum. Der eine streichelte ihn.

Also doch abgehauen, sagte der junge Polizist.

Willst du 'nen Kaffee?, fragte ein anderer.

Er nickte.

Sie stellten ihm eine Tasse hin. Er trank und verbrannte sich die Lippen.

Ist noch zu heiß, sagte der junge Polizist. Hast ja Zeit.

Und ein anderer fragte: Woher kommst du denn?

Er sagte sehr leise: Aus Frankfurt. Es war ohnehin alles aus. Theo war nun froh darüber. Er sagte seine Adresse.

Habt ihr Telefon?

Ja, sagte Theo.

Schreibst du mir mal eure Nummer auf?

Theo tat es. Der junge Polizist ging in ein anderes Zimmer. Nach kurzer Zeit kehrte er zurück, sagte: Ich hab deine Eltern erreicht. Sie haben Vermisstenmeldung aufgegeben, mein Lieber. Dein Vater kommt dich holen. Er fährt jetzt gleich in Frankfurt ab.

Papa?, fragte Theo verwundert.

Ist das so erstaunlich, dass er dich holen kommt?, fragte der Polizist.

Nein, eigentlich nicht.

Na also. Willst du dich ein bisschen hinlegen?

Ja.

Der Polizist brachte Theo in ein anderes Zimmer, in dem eine Liege stand. Aus einem Schrank holte er eine Decke, warf sie ihm zu.

Theo fragte: Kann ich mich hier waschen?

Der Polizist sah ihn verwundert an: Waschen? Hör ich richtig? Waschen? Mann, du musst ganz schön was hinter dir haben. Nebenan ist eine Toilette und hier – er ging noch mal zum Schrank – is'n Handtuch.

Theo wusch sich und legte sich danach hin. Er hatte sich Bullen anders vorgestellt. Der junge Polizist war ganz nett. Die Müdigkeit machte ihn schwer wie einen Stein. Er hörte auf nachzudenken und schlief ein.

Als er wachgerüttelt wurde, stand sein Vater neben ihm. Theo? Vater sagte nicht guten Tag oder guten Morgen, er sagte nur fragend: Theo? Das tat irgendwie weh. Und trotzdem fürchtete Theo, dass Vater gleich losschimpfen würde.

Er tat es nicht, zog die Decke weg, hob Theo hoch. Einen Augenblick umarmte er ihn sogar. Vielleicht tat er alles nur, um den Bullen zu gefallen. Es ist alles erledigt, sagte er. Wir können fahren. In Frankfurt müssen wir noch mal zur Polizei. Die nehmen ein Protokoll auf.

Die Polizisten verabschiedeten sich von ihm. Der junge sagte: Lass das bloß sein! Hau bloß nicht mehr ab. Das geht irgendwann mal schief. Glaub mir das. Ich weiß es.

Nun fing das wieder an, die Ermahnungen, das Besserwissen.

Jaja, sagte Theo. Is gut. Vielen Dank.

Vater bedankte sich ebenfalls. Sie fuhren los.

Theo schwieg. Sein Vater auch. Erst als sie schon ziemlich lang auf der Autobahn fuhren, sagte Theos Vater: Wir haben uns große Sorgen gemacht. Deine Mutter konnte nicht mehr. Sie musste sogar von der Arbeit zu Hause bleiben.

Theo antwortete nicht. Erst als sie an einer Autobahnausfahrt vorüberkamen, ihm die Gegend bekannt erschien, fuhr es aus ihm heraus: Hier war das mit Kemal.

Kemal?, fragte sein Vater. Wer ist denn das? Ein Türke?

Theo fing an zu erzählen. Er war glücklich, von Kemal und von Papa Schnuff erzählen zu können, von Leuten, die ihm gefallen hatten, die gut zu ihm gewesen waren. Er erinnerte sich an den Brief von Papa Schnuff. Den trug er in der Jackentasche. Da Vater ja nicht brüllte, musste er ihm den Brief nicht geben, sondern konnte ihn behalten, als Andenken.

Das hätte alles auch anders verlaufen können, sagte Vater.

Es war aber so, Papa, sagte Theo, genau so.

Jetzt würden sie sich gleich wieder streiten. Doch der Vater sagte nur: Wenn du Lust hast, erzähl eben weiter. Als sie zu Hause ankamen und schon neben dem Auto standen, sagte sein Vater: Wir trennen uns, deine Mutter und ich, Theo. Es ist besser, ich sag's dir jetzt noch. Ich nehme eine Wohnung für mich. Du bleibst bei Mama. Aber wir können uns sehen, wann wir wollen.

So etwas hatte er nicht erwartet. Das war neu. Vaters Sätze schmerzten ihn wie ein Messerstich. Er wollte Scheiße brüllen oder ihr blöden Schweine! Doch er kam nicht mehr dazu, aus dem Haus rannte seine Mutter ihm entgegen, riss ihn in ihre Arme. Sie weinte. Nun heulte er auch, obwohl er sich die ganze Fahrt über vorgenommen hatte, es nicht zu tun.

Warum Theo, obwohl alle zu ihm freundlich sind, wieder wegläuft

Niemand fragte ihn aus. Niemand warf ihm was vor. Nur auf dem Polizeirevier sollte er alles, alles erzählen. Er verschwieg eine Menge. Über Papa Schnuff sagte er kein Wort. Der wollte doch, hatte er gesagt, keine Scherereien bekommen. Theo hatte Vorwürfe und Gejammer erwartet. Nichts davon. Er solle sich erst einmal ausruhen, beruhigen, sagte seine Mutter tagelang. Und wenn er aufbegehrte: Ich muss mich gar nicht beruhigen, Mama, dann antwortete sie: Das weißt du nicht so richtig, Theo.

Wahrscheinlich war an alledem Fräulein Ritzert vom Jugendamt schuld. Sie machte nämlich auf ruhig. Schon am ersten Tag nach seiner Rückkehr hatte sie ihn besucht. Sie war auch mit ihm und Vater aufs Polizeirevier gegangen. Aber dort hatte sie nicht eine einzige Frage gestellt, sondern nur zugehört. Das war ihm unheimlich. Sie redete mehr mit Mutter als mit ihm.

Am Abend des Tages, an dem Vater auszog, war sie auch wieder da. Sie unterhielt sich mit Mutter in der Küche, während er im Wohnzimmer seine Schulaufgaben machte. Zu ihm hatte sie nur kurz hineingeguckt. Ihr war Mutter wichtiger als er. Das verstand er auch. Irgendwie war Mutter ohne Vater nur halb. Obwohl sie dauernd erklärte: Wir schaffen das schon, Theo! Das ist richtig so. Für uns alle. Auch für Papa.

Er fand jetzt beide, Vater und Mutter, wirklich gut.

Nur dass sich eben doch alles verändert hatte. Und dass Fräulein Ritzert sich sanft in alles einmischte und behauptete, sie wolle ja nur helfen. Sie behandelte ihn wie ein rohes Ei. Ihm wäre es lieber, er müsste sich wehren, könnte sich mit ihr streiten. Aber sie säuselte und ließ keinen Krach zu.

Ein einziges Mal hatte sie sich ausführlicher mit ihm unterhalten. Genauer gesagt, sie hatte ihn auszufragen versucht.

Kannst du mir erklären, weshalb du weggelaufen bist, Theo?

Dir bestimmt nicht, dachte er. Er sagte: Nein!

Aber es muss doch einen Grund gegeben haben?

Schon, antwortete er. Und sagte kein Wort mehr. Es machte ihm Spaß, Fräulein Ritzert so an der Nase herumführen zu können.

Wenn du nicht willst, sagte sie.

So ist es, sagte er.

Hat dir in den drei Tagen, als du unterwegs warst, jemand wehgetan?

Nein, sagte er.

Und hast du nie Angst gehabt, Theo, hast du dir nie gewünscht, du wärst wieder zu Hause?

Nie!, antwortete er sehr laut und sah ihr herausfordernd in die Augen. Der werde ich sagen, dass ich Angst gehabt habe, gerade der.

Wenn du nicht willst, sagte Fräulein Ritzert wieder, seufzte kunstvoll und ging hinaus zu Mutter. Dabei musste er zugeben, dass Fräulein Ritzert viel half, ohne ein Wort darüber zu verlieren. Sie hatte zum Beispiel in der Schule alles geregelt. Keiner quatschte ihn blöd an. Wenigstens von den Lehrern keiner. Bei den Klassenkameraden war das natürlich anders. Bei denen war er fein raus. Ein Held, ein Abenteurer! Bloß Frieder, der aber nicht zu seinen Freunden gehörte, fand: Höchstens Asoziale hauen von zu Hause ab.

Was sind das, Asoziale? Theo hatte das Wort schon mal gehört, wusste aber nicht, was es bedeutete.

Leute, die nicht arbeiten, die faul sind, Verbrecher!

Du spinnst ja, schrie Detlev und stürzte sich auf Frieder.

Lass mich das machen! Theo hielt Detlev zurück. Der Arsch hat mich so genannt und nicht dich.

Frieder hatte sich noch nie mit einem aus der Klasse geprügelt. Darum wusste Theo nicht, wie stark er war. Bei allen anderen konnte er sich einschätzen. Frieder war größer als er, ein guter Sportler dazu. Seine Jeans und seine Pullis waren nie fleckig und unter seinen Fingernägeln war nie Dreck. Er war ein feiner Pinkel. Den würde er zwingen, klar.

Schon bildete sich ein Kreis um die beiden Jungen.

Ihr kriegt Ärger mit dem Rektor, sagte einer der Schüler.

Is Wurscht, sagte Detlev.

Was bin ich?, fragte Theo.

Ein Asozialer, ein Streuner, der Klassendepp! Frieders Stimme überschlug sich. Theo sprang ihn an. Frieder war erstaunlich gewandt.

Keiner brachte den andern zu Boden. Sie umklammerten sich. Jeder versuchte, einen Arm des andern zu erwischen und auf den Rücken zu drehen. Plötzlich rief Detlev: Der Ratterton! Bims, pass auf! Der Ratterton! Der Hausmeister war auf die Keilerei aufmerksam geworden.

Frieder wollte loslassen. Aber Theo sagte: Das gilt nicht.

In dem Augenblick gelang es ihm, Frieder hinzuwerfen. Er drückte Frieders Schultern fest gegen den Boden.

Butterkuchen, Klassenprimel, Babyfurz! Er konnte noch immer schöne Schimpfworte erfinden. Das hatte er nicht verlernt. Ein paar Schüler lachten.

Frieder stöhnte. Lass mich los, du Verbrecher, sagte er.

Theo drückte noch fester. Was bin ich?

Ratterton zog Theo hoch und befahl Frieder, ebenfalls aufzustehen.

Der hat angefangen, sagte Frieder.

Das interessiert mich nicht, sagte Ratterton. Wir gehn jetzt miteinander zum Rektor.

Bitte nicht, bat Frieder.

Mann, hat der Schiss, sagte Theo.

Der Rektor wartete schon auf sie. Ihr wisst, dass ihr euch nicht schlagen sollt, sagte er. Dass es verboten ist, sich auf dem Schulhof zu prügeln. Er bat Ratterton, Frau Persig zu holen.

Der Rektor setzte sich hinter seinen Schreibtisch, blätterte in einem Buch und ließ sie stehen.

Nach einer Weile kam Frau Persig. Sie stellte sich, klein wie sie war, zwischen Frieder und Theo, und es

sah aus, als wäre sie eine Schülerin, ein dritter Bösewicht. Ich weiß schon alles, sagte sie.

So geht das nicht! Der Rektor war wieder aufgestanden.

Das ist klar, sagte Frau Persig. Können die beiden runter in ihre Klasse? Ich möchte gerne mit Ihnen allein sprechen.

Nachdem der Rektor genickt hatte, sagte Frau Persig: Na also, geht schon!

Sonst, wenn noch kein Lehrer im Zimmer war, lärmte die Klasse meistens. Dieses Mal war sie ganz ruhig. Frieder und Theo setzten sich auf ihre Plätze. Keiner sprach. So musste Frau Persig auch nicht auf den Fingern pfeifen, als sie zurückkehrte.

Sie schlug das Klassenbuch auf. Ich muss euch beide eintragen, das ist klar, sagte sie. Ich will jetzt keine Strafreden halten, sondern wir machen einfach im Unterricht weiter. Kannst du mir sagen, was ein Asozialer ist, Frieder?

Frieder wurde knallrot und sagte dann sehr leise: So was wie ein Verbrecher.

Stimmt das, Theo?

Theo hatte schon wieder eine Mordswut auf Frieder.

Detlev neben ihm flüsterte: Lass doch das Arschloch.

Frau Persig fragte: Na, Theo?

Er antwortete: Ich weiß es nicht genau.

Dann will ich es euch erklären, sagte Frau Persig. Ein Asozialer ist jemand, der sich nicht in die Gemeinschaft einfügen kann. Und das kann viele Gründe haben. Zum Beispiel gibt es Menschen, die haben nie gelernt, mit anderen Menschen umzugehen oder zu arbeiten. Oder sie sind zu schwach dazu. Auf jeden Fall ist es oft nicht die Schuld dieser Menschen, dass sie so sind. Sondern man hat sich nicht um sie gekümmert. Sie sind schon so aufgewachsen. Sie sind keine Verbrecher, sie können zu Verbrechern werden. Versteht ihr?

Die Klasse murmelte.

Dann können wir ja weitermachen, sagte Frau Persig.

Nachmittags traf sich Theo wieder – wie vor seiner Flucht – mit Detlev und anderen Freunden, und er gewöhnte sich daran, abends mit Mutter allein zu sein. Es war ein bisschen stiller und langweiliger. Fräulein Ritzert kam nicht mehr so oft.

Vater holte ihn jeden zweiten Sonntag ab. Nie hatte er einen sitzen. Sie gingen miteinander essen, ins Kino, in den Zoo, machten Ausflüge in den Taunus oder in den Odenwald oder fuhren mit dem Schiff auf dem Main. Vater bat ihn, von der Schule zu erzählen, von den Freunden. Er war ruhig und freundlich. Dennoch machten Theo die Sonntage mit Vater eher traurig. Er hatte Vater gern und konnte es ihm nicht richtig zeigen.

Eine Sache beunruhigte Theo. Er schaffte es nicht mehr so gut, seinen Zwerg, den Koknottel, an der Zimmerdecke zu sehen. Zwar unterhielt er sich noch mit ihm und immer noch fragte Mutter: Mit wem sprichst du? Und immer noch antwortete er: Ich lerne Wörter. Aber der Koknottel war irgendwie verdrängt von einer anderen Figur. Wahrscheinlich war es Papa Schnuff. An den dachte er oft. Auch an Kemal. Und manchmal an

Pitter. Aber am meisten an Papa Schnuff. Theo fragte sich, auf welchem Rummelplatz Papa Schnuff jetzt wohl in seinem Kassenhäuschen sitzt. Und ob der Jecky noch bei ihm ist oder ob er den davongejagt hat, da er doch nicht mit ihm verwandt ist. Trotzdem redete er den Schatten an der Decke weiter mit Koknottel an.

Dass er ein zweites Mal davonlief, hatte auch mit Papa Schnuff zu tun. Vor allem aber mit Theos Vater. Theo war allein in der Wohnung. Mit den Matheaufgaben kam er nicht zurecht. Eigentlich wollte er noch zu Detlev gehen und ihn fragen. Auf dem Tisch lag die Zeitung, in der Mutter gelesen hatte, bevor sie zur Arbeit gegangen war. Zufällig fiel Theos Blick auf eine Fotografie, auf der ein Karussell abgebildet war. Das war ja Papa Schnuffs Karussell! Theo schaute sich das Bild genau an. Genauso sah Papa Schnuffs Karussell aus! Unter dem Bild stand, dass gestern in Langen ein Jahrmarkt eröffnet worden ist. Langen war nicht weit weg. Da könnte er hin! Nein, lieber nicht, sagte er sich. Mutter würde traurig sein und Fräulein Ritzert würde ihm sicher nicht mehr so helfen. Vielleicht würde sie ihn sogar in ein Heim bringen. Weil man Mutter dann nicht mehr glaubt, dass sie ihn richtig erziehen kann. So hatte es Fräulein Ritzert erklärt. Theo grübelte, als es schellte. Er ging zur Tür. Es war sein Vater. Der war stockbesoffen, schwankte und sah ihn aus zusammengekniffenen Augen an.

Wo ist deine Mutter?, fragte er.

Sie ist nicht da, Papa.

Du lügst, sagte Vater.

Nein, Mama ist wirklich noch nicht da. Theo hatte wieder Angst, dass Vater ihn schlägt. Dabei hatte er gedacht, dass das nun vorbei ist.

Die muss hier sein!

Nein! Theo schrie fast, auch aus Angst.

Er schlug die Tür zu. Und bereute es schon. Er konnte seinem Vater doch nicht die Tür vor der Nase zuhauen. Es war doch Papa, sein Papa! Aber der könnte ihn schlagen. Er war wieder betrunken.

Warum hat er sich nur einen angetrunken?

Es trommelte gegen die Tür. Theo hörte seinen Vater schluchzen. Und von neuem schlug es gegen die Tür.

Mach auf! Ich sag dir, mach auf!

Dann wurde es still. Theo stand hinter der Tür und zitterte am ganzen Leib. Er lauschte.

Unheimlich vorsichtig öffnete er die Tür um einen Spalt. Vater saß mit dem Rücken zu ihm auf dem Treppenabsatz. Er war noch nicht mit dem Aufzug hinuntergefahren. Theo schloss die Tür behutsam.

Sollte er Mutter anrufen? Aber dann würde sie erfahren, dass Papa wieder trinkt. Das wollte er nicht.

Er setzte sich an den Küchentisch, fragte sich, was er machen sollte. Da sah er das Bild. Ja, zu Papa Schnuff fahren, nach Langen, und ihm alles erzählen. Der würde ihm helfen! Vielleicht könnte er auch Vater helfen.

Nur musste er Mutter das klarmachen. Er ging in sein Zimmer, zog unter einem Pullover Papa Schnuffs Brief heraus. Den hatte er niemandem gezeigt, auch nicht Fräulein Ritzert und den Polizisten.

Er musste jetzt selber einen Brief schreiben, damit

Mutter nicht durchdreht und Fräulein Ritzert nicht die Polizei alarmiert.

Er schrieb:

Liebe Mama! Ich bin weg. Ich bin aber nicht abgehauen.

»Nicht abgehauen« unterstrich er.

Ich komm wieder. Ganz bestimmt. Ich muss jemand besuchen. Das ist wichtig! Ich komme zurück, bestimmt! Vielleicht erst morgen oder übermorgen. Du darfst nichts der Polizei sagen. Bitte nicht. Auch das Fräulein Ritzert soll das ja nicht. Es grüßt dich dein Theo.

Er stellte das Blatt gegen eine Kaffeetasse und schüttelte das Geld aus der Sparbüchse. Es war lange nicht so viel wie das letzte Mal. Nur acht Mark und ein paar Zerquetschte. Aber nach Langen und zurück würde es reichen.

Ängstlich machte er die Wohnungstür auf. Sein Vater saß nicht mehr auf der Treppe.

Er zog die Tür hinter sich zu. Irgendwie war ihm nicht wohl. Hoffentlich gibt es keinen Ärger! Papa Schnuff wird schon helfen.

Papa Schnuff ist nicht da und Jecky hat einen Auftrag

Der Rummel war in vollem Gang. Theo hatte plötzlich Angst, dass ihn Papa Schnuff davonjagen könnte. Deshalb ging er nicht gleich zum Karussell. Er stand an den Buden herum, kaufte sich einen Ballen Zuckerwatte und schlich sich dann hinter das Kartenhäuschen. Aber in dem Häuschen saß nicht Papa Schnuff, sondern eine ihm unbekannte Frau.

War das doch nicht Papa Schnuffs Karussell? Theo erschrak. Aber es konnte doch nicht zwei ganz und gar gleiche Karussells geben. Er blieb stehen, überlegte. Da sah er Jecky. Er sammelte Marken ein. Wenn es Jecky noch gab, konnte Papa Schnuff nicht weit sein. Vielleicht war er in seinem Wohnwagen. Den fand Theo ziemlich rasch am Rand des Rummels. Die Tür war zu, die kleine Holztreppe nicht da. Theo pochte an die Wand unterm Fenster. Nichts rührte sich. Was war mit Papa Schnuff geschehen? Er hatte mit Jecky, dem gemeinen Kerl, nicht reden wollen. Nun musste er es. Er wollte wissen, was los war.

Theo stellte sich an den Karussellrand. Jecky bemerkte ihn sofort und sprang vor Theo von dem Karussell ab.

Mann, bist du noch immer unterwegs?

Nein, ich war daheim.

Und jetzt?, fragte Jecky.

Ich möchte zu Papa Schnuff, sagte Theo.

Der ist bei seiner Schwester. Die ist krank.

Wo ist denn die Schwester?

In einem Kaff bei Hannover, sagte Jecky. Ich weiß nicht genau. Er entschuldigte sich: 'n Augenblick, Bims, sonst fahren die Kinder umsonst. Er sprang auf die sich drehende Plattform, war aber schnell wieder zurück.

Theo traute Jecky nicht. So freundlich ist der das letzte Mal nicht gewesen. Womöglich war was mit Papa Schnuff. Die haben ihm das Karussell abgenommen oder er hat es verkaufen müssen, oder er selber war krank und nicht seine Schwester, wie Jecky behauptete. Jecky lügt sicher.

Ist das wahr, mit Papa Schnuff?, fragte Theo.

Wenn ich dir's sage. Aber du kannst ja Frau Bergemann fragen. Die gehört eigentlich zum Skooter und hilft aus. Papa Schnuff will übermorgen wieder hier sein.

Jecky hat nicht damit gerechnet, dass Theo tatsächlich zu der Frau im Kassenhäuschen geht. Er tut es. Er kann Jecky nicht glauben. Der hat damals auch die Jungen verschaukelt, die ihm geholfen hatten.

Theo stellt sich an die Kasse, als wollte er Marken kaufen.

Wie viele Fahrten?, fragt die Frau.

Wo ist denn Papa Schnuff?, fragt Theo.

Kennst du ihn?

Ja.

Kennst du ihn wirklich?, fragt die Frau.

Ganz bestimmt. Fragen Sie Jecky, sagt Theo.

Herr Stöckel ist zu seiner Schwester. Die Frau sagt

»Herr Stöckel«. Wahrscheinlich will sie ihn reinlegen und meint, er weiß nicht, wie Papa Schnuff richtig heißt.

Dann stimmt es also doch, sagt Theo nachdenklich.

Was soll nicht stimmen?, fragt die Frau gereizt. Geh mal zur Seite. Da warten Kinder. Die wollen Karussell fahren.

Entschuldigung, sagt Theo und fragt, während er Platz macht: Wann kommt Herr Stöckel wieder?

Morgen oder übermorgen.

Jecky hat also nicht gelogen. Komisch.

Das Karussell hält an und Jecky steht wieder neben ihm. Bist du noch eine Weile hier?

Ja, vielleicht.

Du willst doch dem Papa Schnuff nicht nachfahren?

Nein.

Da würdest du auch ganz schön spinnen, sagt Jecky. Kannst du in einer halben Stunde noch mal kommen? Ich hab was für dich. Oder musst du nach Hause?

Nein, antwortet Theo.

Bist du wieder abgehauen?

Nein.

Mir ist das auch egal, sagt Jecky und grinst. Kommst du nachher, Bims?

Ja.

Theo war die Freundlichkeit Jeckys unheimlich. Überhaupt stimmte der Rummel ohne Papa Schnuff nicht. Papa Schnuff hätte er alles erzählen können. Dieses Mal bestimmt alles.

Früher, als Jecky es gewünscht hatte, kam Theo wieder zum Karussell. Trotzdem war Jecky vorbereitet. Er drückte Theo ein kleines Päckchen in die Hand und sagte: Das ist für einen Freund in Frankfurt. Der wartet drauf. Verlier's bloß nicht, Bims. Dann wären wir beide dran. Das kann ich dir sagen.

Ist das so wertvoll?

Ja, ja.

Für Jecky schien das Päckchen besonders wichtig zu sein.

Ich mach's lieber nicht, sagte Theo und wollte Jecky das Päckchen, das eher ein verschnürter Brief war, zurückgeben.

Quatsch nicht, Bims. Wenn du dem Keschius sagst, du kommst von mir und bist der Enkel von Papa Schnuff, dann kannst du bei ihm übernachten.

Das war nicht schlecht. Da wusste er wenigstens, wo er bleiben könnte. Und morgen kommt er zurück, zu Papa Schnuff.

Gut, sagte Theo, ich mach's.

Jecky war zufrieden und erleichtert. Die Adresse steht hier auf dem Zettel. Und pass auf! Keschius muss das Päckchen kriegen!

Heißt der wirklich so?, fragte Theo.

Quatsch. Jecky lachte. Er macht bloß Sprüche wie der Boxer, wie der Clay, der Muhamed Ali.

Jecky springt aufs Karussell und lässt ihn stehen. Theo geht langsam über den Platz. An der Sache stimmt etwas nicht. Sonst wäre Jecky nicht so freundlich gewesen.

Keschius ist kein Weltmeister

Theo fand die von Jecky aufgeschriebene Adresse doch nicht so schnell. Er wusste, dass »Bei Pierre« nur eine Kneipe sein konnte und in der Nähe des Bahnhofs liegen musste.

Es war Abend geworden. Auf den Straßen herrschte ein tolles Treiben. Er fiel nicht auf. Die Leuchtschrift »Pierre« war klein und schwach. Deshalb hatte er das Lokal nicht gleich gefunden. Er musste ein paar Mal daran vorübergegangen sein. Vorsichtig öffnete er die Tür um einen Spalt. Er wollte nicht gleich eine fremde Hand im Gesicht haben.

Theo sah in einen kleinen, schlecht beleuchteten Raum. In ihm standen höchstens sieben oder acht Tische. Nicht an allen saßen Leute. Hinter der Theke stand ein großer rothaariger Mann mit hochgekrempelten Hemdsärmeln. Die Muskeln an seinen Unterarmen lagen wie dicke Kordeln unter der Haut. Der musste viel Kraft haben. An einem Tisch stritten ein Mann und eine Frau. Die anderen saßen alle still, tranken oder aßen. Das Ganze wirkte auf Theo wie ein unheimliches Bild.

Theo trat durch die Tür und flog erst einmal drei Treppenstufen hinunter. Auf die hatte er in seiner Aufregung nicht geachtet.

Hoppla, sagte der Wirt, und alle schauten auf Theo, der sich wieder hochrappelte. Suchst du jemanden?

Theo antwortete nicht, ging zwischen den Tischen

durch zur Theke. Er hatte Angst, dass ihn jemand festhalten oder blöd ansprechen würde.

Ich komm von Jecky, sagte Theo, als er die Theke erreicht hatte. Er wollte noch hinzufügen, dass er nach Keschius suche. Aber der Wirt fiel ihm ins Wort, schrie: Ah, der schickt dich, mein armer Vetter. Das hat mir gerade noch gefehlt. Na, komm mal mit!

Er winkte Theo, kam hinter der Theke vor und nahm ihn an der Hand. Er griff so zu, dass es Theo wehtat. Zu einem jungen Mann, der mit andern an einem Tisch saß, aber sonst wohl bediente, sagte er: Mach du mal! Ich bin gleich wieder da.

Ja, Chef, antwortete der Kellner.

An der Tür des Zimmers, in das er Theo führte, stand »Büro«. Das Zimmer glich eher einer Rumpelkammer. Es gab kaum Platz. Überall standen Schachteln und Flaschen.

Der Mann setzte sich an einen kleinen Schreibtisch, ließ Theo jedoch nicht los.

Von Jecky? Hat er dir was mitgegeben?

Theo überlegte verzweifelt. Jecky hat ihm kein Wort von dem Rothaarigen gesagt. Nur von Keschius. Dem sollte er das Päckchen übergeben. Keinem anderen.

Na? Der Mann riss Theo am Arm. Wie heißt du eigentlich?

Er wollte schon sagen, dass er Theo heiße, aber dann fiel ihm ein, dass Jecky ihn nur als Bims kannte. Er durfte nichts durcheinander bringen.

Bims, sagte er.

Das ist doch kein Name, Mensch.

Aber man nennt mich so, wirklich.

Na gut. Und ich bin der Chef, klar?

Wieder riss er an Theos Arm und zog Theo noch näher zu sich heran.

Der Chef roch nach Bier oder Schnaps und Tabak. Ich muss mit Keschius sprechen, sagte Theo. Er hatte Angst vor dem Rothaarigen.

Keschius? Der Chef ließ Theo los, brach in ein gewaltiges Lachen aus. Ist der jetzt der Chef? Aber gut, wenn du willst.

Der Chef ging aus dem Zimmer, machte die Tür hinter sich zu. Theo hörte, dass er den Schlüssel umdrehte. Er hatte ihn eingeschlossen.

Hätte er nur Jeckys Brief nicht angenommen! Jetzt war's zu spät.

Es dauerte nicht lange, da kam der Rothaarige mit einem kleinen, dünnen, blassen, ein wenig buckligen Mann zurück.

Das ist Bims, der Junge, den Jecky geschickt hat.

Das Männlein starrte Theo prüfend an.

Und das ist Keschius, sagte der Chef. Da staunst du, was? Der sieht nicht gerade aus wie ein Weltmeister.

Theo hütete sich, auch nur irgendein Wort zu sagen.

Stimmt das? Kommst du von Jecky? Keschius hatte dazu noch eine Fistelstimme. So, als wäre er vom vielen Brüllen heiser geworden.

Theo nickt.

Hat er dir denn was mitgegeben?, fragt Keschius.

Theo zieht unter dem Hemd das Päckchen hervor und gibt es Keschius.

Keschius dreht Theo den Rücken zu und reißt das Päckchen auf. Dann sagt er: Alles in Ordnung.

Nun sollen die mich gehen lassen, denkt Theo, ich will gar nicht hier schlafen. Ich will lieber nach Hause. Und wenn es auch Ärger gibt. Ich hab in dem Brief ja geschrieben, dass ich bald wiederkomme.

Hast du Hunger?, fragt der Chef.

Schon ein bisschen, sagt Theo.

Also komm, sagt der Chef und er geht zwischen den beiden Männern hinaus in die Kneipe.

Erst gucken die Gäste, bald nicht mehr. Theo sitzt mit Keschius, drei anderen Männern und einer jungen Frau an einem Tisch. Sie reden nicht mit ihm. Er muss lange auf das Essen warten.

Kann ich auch eine Limo haben?, fragt Theo.

Der Chef lacht. So was haben wir eigentlich gar nicht, bringt ihm aber trotzdem eine Flasche Limonade.

Theo isst und das Essen macht ihn müde und faul. Nebenher hört er, wie Keschius und die andern dauernd von Autos reden, von Kunden, von Papieren. Vielleicht sind das alles Autoverkäufer? Ihm ist das egal.

Wie kommst du denn wieder zurück zu Jecky?, fragt Keschius plötzlich.

Ich soll hier schlafen, hat Jecky gesagt.

Hier? Keschius ist erstaunt. Aber der Chef, der zugehört hat, sagt: Kann er, wenn es sein muss.

Wie kommst du zu Jecky, fragt die Frau, gerade zu dem?

Papa Schnuff ist mein Großvater, sagt Theo.

Wer? Die Frau kichert.

Ach, das ist der Alte, dem das Karussell gehört, erklärt Keschius.

Sie lassen ihn wieder in Ruhe. Obwohl ihm schon die Augen zufallen, traut Theo sich nicht, den Chef zu fragen, wo er schlafen kann. Sie quatschen und quatschen. Es muss schon sehr spät sein. Theo grübelt, ob der Rothaarige wirklich der Chef ist oder nicht doch Keschius. Keschius macht sich dauernd wichtig und der Chef wehrt sich nicht dagegen.

Ich glaub, der Junge ist müde, sagt die junge Frau.

Der muss noch 'n bisschen warten, bis sein Bettchen gemacht ist, sagt der Rothaarige. »Bettchen« sagt er so, dass es Theo angst und bange wird.

Jemand schreit auf einmal zur Tür rein: Die Bullen sind unterwegs.

Schnell, schnell, sagt der Chef, reißt Theo mit. Er und Keschius rennen in das Büro, die andern bleiben einfach sitzen. Keschius schiebt einen Stuhl in die Mitte des Raumes. Der Chef steigt drauf, drückt gegen die Zimmerdecke. Er hebt eine Tür hoch. Sie ist sonst nicht zu sehen.

Keschius steckt Theo das Päckchen von Jecky zu und droht: Zeig das niemandem! Sonst geht's dir schlecht!

Der Chef hebt ihn hoch. Los, zieh dich rein! Du kannst auch Licht machen. Das findest du schon.

Theo wird von dem Rothaarigen mehr oder weniger in den Verschlag geworfen. Mach die Tür zu!

Theo gehorcht. Es ist stockdunkel um ihn herum. Er tastet sich an der Wand entlang, stößt immer wieder an Gegenstände und findet endlich einen Lichtschalter. Er ist überrascht, wie groß der Raum ist. Auch ein riesiger Kerl wie der Rothaarige könnte darin stehen. Vor lauter Gerümpel ist trotzdem nicht viel Platz. Leere Flaschen sind an den Wänden hochgestapelt, Kartons mit Konserven. Aber an der einen Wand steht ein Bett. Leintuch und Kopfkissen sind zerwühlt, grau von Dreck. Theo ekelt sich davor. Wahrscheinlich wird er hier schlafen müssen. Er setzt sich auf den Bettrand. Von unten hört man Stimmen. Der Boden scheint dünn zu sein. Wenn man genau hinhört, versteht man sogar, was gesprochen wird.

Jemand sagt: Na, Chef, ganz reines Gewissen?

Und der Chef antwortet übertrieben laut: Klar, Herr Kommissar, was denn sonst.

Eine andere Stimme sagt: Die Ausweise. Keine Verzögerungen, bitte.

Hab ich mir doch gedacht. Du kommst am besten mal mit. Das ist wieder die Stimme des Kommissars.

Warum denn? Was ist denn los? Das ist Freiheitsberaubung.

Das kann nur Keschius sein.

Theo war da in eine böse Geschichte geraten. Sollte er klopfen? Würden es die Polizisten merken? Theo lässt es bleiben. Er hält still. Der Chef versteht keinen Spaß. Da ist er sicher.

Lange sitzt er so. Längst ist es unten wieder still geworden. Zu ihm aber kommt niemand. Haben die ihn vergessen? Das glaubt er nicht. Theo zieht das Päckchen aus der Jackentasche. Keschius hat es nicht mehr verschnüren können. Theos Neugier ist größer als seine

Angst. Er zieht das Papier heraus. Es sind lauter Führerscheine und Fahrzeugpapiere. Mit lauter verschiedenen Namen. Die können nicht alle Jecky oder Keschius gehören. Woher hat Jecky das Zeug? Theo schiebt die Papiere schnell wieder in die zerrissene Verpackung. Die will er lieber nicht gesehen haben.

Aus der Kneipe dringt kein Laut mehr.

Ob die alle gegangen sind? Lassen die ihn einfach sitzen?

Er schiebt das Kopfkissen und die schmutzige Decke zur Seite, legt sich hin. Er ist zu müde, um auszuprobieren, ob er irgendwie aus dem Haus rauskommt. Der Chef wird schon kommen, denkt er.

Der Chef kam auch. Er war durch die Luke gestiegen, ohne dass Theo es bemerkt hatte. Jetzt rüttelt er Theo wach.

Theo weiß erst gar nicht, wo er ist und wer der Mann ist, der sich über ihn beugt.

Allmählich fallen Theo die Erlebnisse des Vortages wieder ein. Es ist der Chef, denkt er. Unten in der Kneipe wird wohl Keschius warten. Eigentlich mag er beide nicht.

Komm zum Frühstück, sagt der Chef. Beeil dich 'n bisschen.

Nun war sogar eine Leiter an die Luke gelehnt. Theo konnte bequem hinuntersteigen. Der Chef ebenso. Die Leiter schob er durchs Fenster hinaus, in den Hinterhof.

Da muss nicht jeder Schnüffler gleich drüber stolpern, was?

In der Kneipe befand sich kein Mensch. Sie sah am Tag noch schäbiger und trauriger aus als in der Nacht. Es war nicht sauber gemacht. Auf dem Boden lagen Papiere und Kippen. Durch die zugezogenen Vorhänge drang nur wenig Licht.

Setz dich hin, sagte der Chef, ich hol uns Kaffee aus der Küche. Ich bin gleich wieder da.

Theo stand auf, ging zur Tür, drückte die Klinke runter. Die Tür war abgeschlossen. Er zog ein wenig fester. Es war nichts zu machen. Er fuhr zusammen, als er ein Geräusch hinter sich hörte. Der Chef stand mitten in der Kneipe und grinste. Du wolltest wohl abhauen, wie?

Nein, sagte Theo. Er log, und der Chef wusste, dass er log. Eigentlich hätte Theo auch ja sagen können.

So einfach ist das nicht, sagte der Chef, während er das Tablett mit Kaffeekanne, Tassen und Brötchenkorb auf dem Tisch abstellte. Erstens weißt du eine Menge, und zweitens hast du ja noch was, das uns gehört. Oder?

Jeckys Päckchen! Theo hatte es vergessen. Er griff an die Jackentasche. Es steckte noch drin.

Eben, eben, sagte der Chef. Setz dich und frühstücke. Mit vollem Bauch lebt sich's besser, und wenn du 'ne Zigarre haben willst, brauchst du's nur zu sagen.

Theo erwartete, dass der Chef ihm das Päckchen abnahm. Der tat es nicht. Er guckte ihn nur ab und zu nachdenklich an. Der Chef hatte eine grässliche Angewohnheit. Er schlug bei jedem Schluck, den er trank, mit den Zähnen gegen die Kaffeetasse. Es hörte sich an, als beiße er ins Porzellan und wolle es fressen. Theo machte dieses Geräusch richtig fertig.

Draußen klopfte jemand an der Tür.

Der Chef kniff die Augen zusammen, sagte dann, sich selber und Theo zur Erklärung: Das wird wahrscheinlich Keschius sein. Den haben sie gestern mit aufs Revier genommen. Aber festhalten konnten die den bestimmt nicht. Nein. Keschius lässt sich nicht so schnell reinlegen. Ganz geheuer schien dem Chef die Sache dennoch nicht zu sein. Es klopfte ein zweites Mal. Jetzt lauter und dringlicher. Na ja, murmelte der Chef, zog einen Schlüssel aus der Tasche, ging zur Tür. Er wollte die Tür nur einen Spalt weit öffnen. Sie wurde aber aufgestoßen, so dass der Chef nur zur Seite springen konnte. Draußen stand tatsächlich Keschius. Neben ihm ein zweiter Mann. Beide kamen die drei Stufen herunter. Keschius sagte nichts, zog bloß entschuldigend die Schultern hoch.

Der Herr Kommissar? Der Chef staunte. Dann fasste er sich und war schon wieder frecher: Also, ich finde, ein Besuch in der Woche genügt.

Ich nicht, sagte der Polizist, der keine Uniform trug.

Der Chef wich langsam zurück, auf den Tisch zu, an dem Theo saß.

Stehen bleiben!, brüllte der Kommissar unerwartet laut. Der Chef blieb stehen wie ein Baum. Wer ist der Junge?, fragte der Polizist.

Das ist – Keschius wollte erklären, doch der Kommissar unterbrach ihn: Sag's lieber selber, mein Junge. Die beiden lügen ja doch, wenn sie die Schnauze aufreißen.

Theo stand auf und sagte: Ich bin Theo Weißbeck.

Aha, sagte der Inspektor, nahm den Chef am Arm.

Du kannst dich ruhig wieder setzen, Theo. Gehörst du zu denen?

Ja, sagte Keschius.

Nein, sagte Theo.

Was sag ich, sagte der Inspektor, da hören wir nun die ganze Wahrheit: Ja und nein.

Theo musste lachen, obwohl ihm gar nicht danach zumute war. Keschius machte hinter dem Rücken des Kommissars Zeichen. Wahrscheinlich wollte er wissen, ob das Päckchen noch da war. Theo zeigte so unauffällig wie möglich auf seine Jackentasche.

Zu diesen beiden Herren gehörst du also nicht, sagte der Kommissar.

Nein, antwortete Theo.

Und wortkarg bist du auch. Der Kommissar nickte vor sich hin, als denke er über was nach. Kannst du mir deine Adresse sagen?

Theo sah den Chef fragend an. Aber der gab ihm keinen Rat. Im Gegenteil. Er sagte grinsend: Ich bin doch nicht dein lieber Papa.

Na? Der Kommissar war ganz lässig. Na?, fragte er noch einmal und dann: Du bist wohl von zu Hause abgehauen?

Ja, sagte Keschius zu Theos Überraschung. Der Junge ist ausgerissen.

Das war gemein. So hätte ihn nicht einmal Jecky verraten. Theo sagte seine Adresse, und als der Polizist wissen wollte, seit wann er von daheim weg sei, sagte er: Erst seit gestern.

Na prima! Das wird sich regeln lassen.

Nein, seinetwegen ist der Kommissar bestimmt nicht zum zweiten Mal gekommen. Trotzdem ließ der Polizist ihn nicht aus den Augen. Er hatte ihn genau beobachtet, er war schlauer, als Keschius gemeint hatte.

Räum mal deine Taschen aus, Theo, sagte der Polizist.

Theo schaute ihn verblüfft an.

Ja, Theo, alles, was du da drin hast.

Das musst du nicht!, sagte der Chef. Der kann dich dazu nicht zwingen.

Der Kommissar lachte.

Wirklich?, fragte Theo.

Wirklich nicht!, sagte jetzt Keschius ziemlich ängstlich.

Da ist doch nichts Schlimmes dabei, der Kommissar schüttelte ärgerlich den Kopf. Ich find's immer lustig, was Jungen alles in den Taschen haben.

Keschius schaute Theo beschwörend über die Schulter des Kommissars an. Der musste es ahnen, er sagte nämlich: Offenbar weiß Keschius genauer über den Inhalt deiner Taschen Bescheid als du. Fang mal an!

Theo räumte zuerst die Hosentaschen aus, legte das Zeug vor sich auf den Tisch: die Geldbörse, einen zerbrochenen Kamm, ein ziemlich dreckiges Taschentuch, eine abgegriffene Streichholzschachtel und das kleine Taschenmesser, das ihm Vater geschenkt hatte, obwohl Mutter dagegen gewesen war.

Alles?, fragte der Kommissar. Und die Jackentaschen?

Theo fischte aus der einen Jackentasche zwei Knöpfe und den Brief von Papa Schnuff. Der Polizist nahm und las ihn, sagte: Das ist also nicht das erste Mal, dass du ausgerissen bist. Du kannst froh sein, dass du einen so freundlichen Mann wie den Herrn Stöckel gefunden hast. Hast du ihn wieder gesehen?

Nein, antwortete Theo. Er musste nicht einmal schwindeln.

Und die andere Tasche?, fragte der Kommissar ganz plötzlich.

Theo zögerte.

Los! Los! Jetzt hörte der Spaß auf. Der Chef sprang auf Theo zu, aber der Polizist hielt ihn auf. Das ist Sache des Jungen, sagte er. Und noch einmal: Los, Theo!

Theo legte das Päckchen auf den Tisch. Der Kommissar nahm es mit spitzen Fingern, schüttelte es, so dass die Ausweise und Führerscheine einzeln herausfielen.

Hab ich mir's doch gedacht, sagte er zufrieden. Gehört das dir?, fragte er. Theo antwortete nicht.

Also so was ..., murmelte Keschius erstaunt.

Der Polizist drehte sich zu ihm um: Stell dich nicht blöder, als du schon bist, sagte er. Und dann fragte er wieder Theo: Für wen ist das?

Ich verrate niemanden, sagte Theo.

Das ist heldenhaft und dumm, sagte der Kommissar. Auf jeden Fall gehen wir jetzt zu dritt erst mal aufs Präsidium. Er steckte Jeckys Päckchen ein, stand auf, ging rasch zur Tür, rief einen Polizisten herein, der vor der Kneipe gewartet haben musste.

Vergessen Sie nicht abzuschließen, sagte er zum Chef, sonst werden Sie womöglich noch ausgeraubt.

Theo durfte vorne im Auto sitzen. Was, wie der Kommissar sagte, nicht ganz in Ordnung ist. Aber es ist sicherer, ich klemme mich zwischen die beiden unfreundlichen Herren da auf dem Rücksitz.

So geschah es. Der Chef und Keschius schauten während der Fahrt beleidigt aus dem Fenster hinaus. Im Präsidium konnte sich Theo von den beiden nicht einmal verabschieden. Sie verschwanden hinter einer Tür. Er wurde von einer Frau in Polizeiuniform in Empfang genommen. Sie bat ihn, alles, was er erlebt hatte, zu erzählen. Er dachte sich, ich sag der nur, was sie von dem Kommissar ja doch erfährt. Von Jecky kein Wort.

Nur wusste man über Jecky wohl schon Bescheid. Die Frau fragte: Hast du die Papiere von einem Mann, der Jecky genannt wird? Der bei Herrn Stöckel arbeitet?

Theo druckste herum. Die Polizistin sagte: Du verrätst bestimmt niemanden, Theo. Wir wissen ja schon alles.

Ja, sagte er. Aber er kam sich irgendwie schmutzig vor.

Die haben Autos geklaut und mit neuen Papieren weiterverkauft, verstehst du, sagte die Frau.

Ihm war jetzt alles egal. Alles war zusammengekracht. Diese Flucht war kaputt. Sein Misstrauen gegen Jecky war schon richtig gewesen. Was würde Papa Schnuff sagen? Der wäre ihm sicher böse.

Die Frau merkte, dass er nachdachte und traurig war. Sie versuchte, ihn zu trösten. Du wirst gleich nach Hause gebracht. Da kommt jemand vom Jugendamt.

Frau Ritzert?, fragte Theo. Die fehlte ihm gerade noch.

Nein, sagte die Polizistin. Die nicht. Die ist krank.

Er wurde abgeholt von einem ellenlangen, spindeldürren Mann, der aussah, als lebe er bloß von Luft und Suppe.

Sag am besten gleich Lothar zu mir.

Das gefiel Theo. Der nannte sich nicht Herr Sowieso und machte auf amtlich.

Jetzt gehen wir erst mal heim, sagte Lothar. Deine Mutter wartet. Deinen Vater sollen wir auch besuchen. Und dann, mein Lieber – und Lothar sagte das sehr ernst –, müssen wir überhaupt noch einige Sachen bereden. Schließlich bist du zum zweiten Mal abgehauen. Tschüs, sagte Lothar zu der Polizistin.

Auf Wiedersehen, sagte sie.

Und du, fragte Lothar Theo, sagst du auch auf Wiedersehen?

Tschüs, sagte Theo.

So einfach kommt man nicht nach Hause

Diese Heimkehr war anders, viel schwieriger als die erste. Darauf war Theo nicht eingerichtet. Er war doch nur anderthalb Tage fort gewesen. Warum machten die jetzt so einen Zauber? Außerdem hatte er sich in Lothar getäuscht. Der war gar nicht so verständnisvoll. Der war doch ein Spion des Jugendamtes. Er hörte überhaupt nicht mehr auf zu fragen. Theo beschloss, keine Antworten mehr zu geben. Ihm reichte es. Sie quälten ja nicht nur ihn, sondern auch die Mutter und den Vater. Dauernd mussten die beiden von sich und ihm erzählen. Bei Mutter erlebte er es mit. Und als er mit Lothar den Vater besuchte, saß auch da gerade einer vom Jugendamt. Ihm kam es vor, als wollten sie mit alldem die Eltern zu seinen Feinden machen. Sonst würde die Mutter nicht dauernd jammern und ihm Vorwürfe machen.

Du bist an dieser Unruhe schuld, Theo. Du hast nicht ausreißen müssen. Du hast ein ordentliches Zuhause.

Als er zurückfragte: Und warum ist Papa dann weggegangen?, wurde Mutter böse und war nahe daran, ihm eine runterzuhauen.

Sogar in der Schule hatten sie geschnüffelt. Frau Persig musste einen Bericht über ihn schreiben. Sie sagte es ihm und er kriegte eine ungeheure Wut.

Nun denk mal nach, Bims, sagte Frau Persig. Es ist doch klar, dass die misstrauisch sind, wenn du zweimal davongerannt bist. Die meinen vielleicht, dass deine Eltern nicht fähig sind, dich richtig zu erziehen oder so.

111

Quatsch!

Wenn es Quatsch ist, musst du es ihnen beweisen, sagte Frau Persig.

Das kann ich doch nicht.

Doch, du musst jetzt zu deinen Eltern halten, auch wenn es dir nicht immer leicht fällt. Die haben sich große Sorgen um dich gemacht, Bims. Wenn du noch mal wegläufst, dann musst du wahrscheinlich in ein Heim.

Die drohten ihm. Die versuchten, ihn fertig zu machen. Er würde am liebsten wieder abhauen. Aber Mutter tat ihm Leid. Und an einem Abend, als endlich einmal kein Fremder zu Besuch war, sagte er: Ich hau nicht mehr ab, Mama, bestimmt nicht.

Sie heulte, nahm ihn in die Arme und sagte: Wir haben dich lieb, Theo.

Allmählich legte sich der Wirbel. Frau Ritzert tauchte ab und zu auf. Häufiger erschien Lothar. Lothar mimte den Kumpel, doch Theo blieb vorsichtig. Der legte ihn womöglich rein. Lothar erzählte ihm, dass der Chef und Keschius zu einer Bande gehörten, die Autos geklaut und mit geklauten Wagenpapieren vor allem ins Ausland verkauft haben. Es seien gefährliche Gangster. Jecky hätte man auch geschnappt.

Theo fragte sich, wie Papa Schnuff nun ohne Jeckys Hilfe auskommt. Aber er wagte es nicht, mit Lothar über Papa Schnuff zu reden.

Frau Persig sagte ihm, wenn er sich nicht ungeheuer anstrenge, müsse er die Klasse wiederholen.

Auch noch sitzen bleiben! Sie machten mit ihm, was sie wollten.

Da sprang zu Theos Überraschung Lothar ein. Überhaupt nicht aufdringlich, eher so nebenbei.

In Mathe bin ich ganz gut gewesen, sagte Lothar. Wenn du mal nicht weiterkommst, kannst du mich ja fragen.

Mit der Zeit wurde es zum Brauch, dass Lothar gegen Abend reinsah und mit ihm die Hausaufgaben durchnahm. Sie unterhielten sich jetzt auch ohne Kabbelei.

Warum redest du eigentlich so viel mit dir selbst, wenn du allein in deinem Zimmer bist?, fragte Lothar.

Ich? Theo dachte: Jetzt fängt der schon wieder an rumzuwühlen.

Ja, deine Mutter hat mir das mal gesagt.

Ach so. Theo sagte weiter nichts.

Stimmt das?

Theo wusste selber nicht, warum er dann doch von Koknottel, seinem Zwerg an der Zimmerdecke, erzählte. Und dass er den nicht mehr hinkriegt. Dass der wegbleibt, dass er jetzt viel häufiger an Papa Schnuff denkt … Da hatte er sich verplappert. Der Schreck drückte ihm die Brust zusammen. Lothar blieb jedoch ganz ruhig und sagte: Das ist wohl Herr Stöckel, nicht wahr?

Lothar wusste also alles. Papa Schnuffs Brief lag noch bei der Polizei. Sie haben ihn nicht zurückgegeben.

Ja, sagte Theo leise.

Ihn magst du sehr?, fragte Lothar.

Theo senkte den Kopf ein bisschen. So konnte sich Lothar denken, was er wollte. Er fragte ihn nicht weiter nach Papa Schnuff aus.

Mit der Schule hatte er kaum mehr Ärger. Er traf sich wieder oft mit Detlev und den andern. Frau Persig meinte, er würde es doch noch schaffen, und fand Lothars Hilfe prima.

Ein paar Mal gingen sogar Vater und Mutter zusammen mit ihm ins Kino. Von Vater erfuhr er, dass er wieder heiraten werde.

Aber es bleibt trotzdem so, wie es jetzt ist, sagte Vater.

Nicht wahr, du hast keine Lust mehr auszureißen, sagte Mutter.

Nein, sagte er.

Aber so sicher war er sich nicht.

Manchmal stank ihm einfach der Trott. Und dass Mutter über jede Kleinigkeit jammerte. Dass sie Vater alle Schuld zuschob. Da dachte Theo an Papa Schnuff, an Kemal und vergaß die Angst, die er nachts in der Hütte gehabt hatte oder in der Kammer über der Kneipe.

Vielleicht, sagte er sich, wenn es mir zu blöd wird.

Lothar schien das zu ahnen. Theo spürte, dass Lothar ihn sehr genau beobachtete. Aber das machte ihm inzwischen nichts mehr aus. Schließlich fragte Lothar ihn nicht mehr aus, sondern half ihm nur noch bei den Schularbeiten. Manchmal pokerten sie oder spielten Mühle oder Dame. Mutter sah dabei zu.

Kurz vor den Frühjahrszeugnissen fragte Lothar, mitten im Spiel: Möchtest du Herrn Stöckel wieder sehen?

Ja!, dachte Theo. Ja! Aber laut sagte er: Ich weiß nicht.

Ich hab ihn nämlich kennen gelernt, sagte Lothar. Er freut sich auf dich.

Wenn's so ist, sagte Theo lässig.

Aber nachts konnte er kaum schlafen. Lothar hatte ihm versprochen, ihn von der Schule abzuholen. Damit es nicht zu spät würde und Papa Schnuff noch ein bisschen Zeit für sie hätte. Ab vier musste er ja an der Kasse sitzen. Nur verschwieg Lothar, in welchem Ort Papa Schnuff mit seinem Karussell war. Wahrscheinlich fürchtete er, Theo könnte gleich und ohne Lothar hinfahren. Und damit hatte er sogar Recht.

Papa Schnuff erzählt

Lothars rostiges Zwergauto, die Ente, wartete tatsächlich vor dem Schulhof. Lothar hupte.

Ist das dein neuer Vater?, fragte einer der Jungen.

Du spinnst wohl, fuhr ihm Theo über den Mund. Am liebsten hätte er sich mit dem Idioten geprügelt.

Lothar war der Streit nicht entgangen, und er fragte, nachdem Theo eingestiegen war und die Tür zugeknallt hatte: Was war denn los?

Ach, der hat gemeint, du bist mein neuer Vater.

Lothar lachte, schob den Gang rein, gab Gas. Nee, Theo, das doch nicht …

Komisch, diese Antwort von Lothar tat ihm weh.

Mich mag niemand, sagte Theo nach einer Weile.

Das hat damit nichts zu tun, Theo. Du bist schon in Ordnung. Aber ich bin nur fünfzehn Jahre älter als du. Mir gefällt mein Beruf. Ich möchte dich und die anderen Kinder, für die ich sorgen muss, nicht im Stich lassen.

Du gehst auch noch zu anderen Kindern?

Was denkst du denn?

Theo war nie darauf gekommen, dass Lothar sich ja nicht nur um ihn und Mutter kümmerte, sondern noch um andere Kinder. Eben weil es sein Beruf war.

Hast du noch einen Ausreißer?

Nein, du bist der Einzige.

Immerhin gab es da wenigstens niemanden, der mit ihm gleich war.

Es regnete wieder, wie damals bei der Fahrt mit Kemal. Lothar stellte die Scheibenwischer an. Die rasten wild hin und her. Theo musste lachen. Die drehen schon seit Tagen durch, sagte Lothar.

Sie fuhren auf den Taunus zu, über den die Regenwolken schwarz und faserig hinwegzogen.

Hoffentlich hört das Scheißwetter bald auf, sagte Lothar, sonst macht Papa Schnuff kein gutes Geschäft.

Theo freute sich, dass Lothar so dachte. Wohin fahren wir denn?, fragte er.

Nach Hofheim, sagte Lothar. Wir sind gleich da.

Der Rummel lag versteckt hinter einer Hecke. Im Regen sah er erbärmlich aus. Nichts rührte sich, keine Lampe brannte, keine Musik war zu hören, die Buden waren zu und die beiden Karussells mit Planen bedeckt.

Sie stiegen aus. Los!, rief Lothar. Wir sind nass bis auf die Haut, wenn wir nicht rennen.

Papa Schnuff hatte sie anscheinend schon erwartet. Er stand in der Tür. Alles war wie immer. Er war so klein und breit wie eh und je. Die grüne Kordhose, die ihm flatternd unterm Bauch hing, musste längst an ihm festgewachsen sein.

Er winkte ihnen zu. Theo rannte noch schneller. Er war ungeheuer froh. Er hätte brüllen können vor Glück. Und als er Papa Schnuff erreicht hatte, machte der humpf! humpf! und sagte: Kommt rein in die gute Stube! Es ist angerichtet!

Über den Klapptisch zwischen den beiden Bänken war eine Tischdecke gelegt. Auf der standen eine Blumenvase mit Margeriten, drei Gläser, eine Flasche Wein und eine Flasche Limo.

Wir müssen unser Wiedersehen doch begießen, humpf!

Ganz kurz umarmte Papa Schnuff Theo, dann schob er ihn auf die Bank. Rutsch hinter, sagte er und setzte sich neben ihn. Lothar setzte sich auf die Bank gegenüber.

Mieses Wetter, humpf! Papa Schnuff war ein bisschen verlegen. Er bot Lothar eine Zigarre an, die der aber ablehnte.

Ich weiß alles, sagte Papa Schnuff zu Theo. Der junge Mann – und er zeigte auf Lothar – hat mir von deinen Abenteuern berichtet. Und dann war ja auch noch die Polizei hier. Ja. Humpf! Machst du Geschichten.

Wer hilft dir denn, wenn Jecky nicht mehr da ist?, fragte Theo.

Papa Schnuff geriet gewaltig in Fahrt: Dieser Sauhund, humpf! Dieser Ganove! Dieser Tunichtgut! Humpf! Kinder zu missbrauchen! Humpf! Eine Schweinerei ist das!

Na ja, es ist doch alles gut gegangen, versuchte Lothar den alten Mann zu beruhigen.

Papa Schnuff wiegte sich vor Zorn auf der Bank hin und her, als wäre sein Wohn-Ei ein Schiff auf hoher See. Er sagte: Es hätte auch anders kommen können. Dann zog er den Korken aus der Weinflasche, goss Lothar und sich die Gläser voll und in Theos Glas einen winzigen Schluck. Trinken wir darauf, dass Theo nie mehr ausreißt!

Theo zögerte einen Augenblick.

Na, willst du nicht mit uns anstoßen?

Papa Schnuff nahm einen tiefen Schluck.

Theo schüttelte sich. Puh! Der Wein ist sauer.

Papa Schnuff jubelte: Soll er sein! Soll er sein, Bims. Nicht alle Trauben sind süß. Für uns bestimmt nicht.

Er stemmte sich am Tisch hoch, sah zum Fenster hinaus und sagte: Der Regen will nicht aufhören. Zornig humpfte er fünfmal hintereinander.

Lothar bat Papa Schnuff, Theo nicht mehr Bims zu nennen. Er heiße Theo und so solle er gerufen werden. Den Schülern könne man das nicht mehr abgewöhnen. Aber die Erwachsenen brauchten nicht mitzumachen.

Papa Schnuff fand Lothars Ansicht richtig. Ja, Theo klingt auch ernster, sagte er, und wenn wir drei Männer so zusammensitzen – humpf!

Wer hilft dir denn jetzt, Papa Schnuff? Du hast mir noch immer keine Antwort gegeben, sagte Theo.

Da gibt's in jeder Stadt welche, die sich ein paar Mark verdienen wollen. Und wenn nicht, dann springt der Sohn von den Skooterleuten ein, sagte Papa Schnuff. Früher, früher hab ich die Marken selber eingesammelt und da waren das noch ordentliche Billetts aus Papier.

Er geriet ins Erzählen. Die Flasche leerte sich mit beträchtlicher Geschwindigkeit, ohne dass Lothar viel dabei half.

Erst hörten sich Papa Schnuffs Geschichten wie Märchen an, danach nicht mehr.

Schon sein Vater habe ein Karussell besessen. Das sei im Anfang durch eine Dampfmaschine angetrieben worden. Das hat immer gezischt und gefaucht und weiße Wolken trieben überm Karussell. Schön war's, humpf!

Wir hatten zwei Pferde, die zogen unseren Wohnwagen und den Karren mit den Karussellteilen. Die Pferde musste ich pflegen. Schon mit fünf war das meine Aufgabe. Eigentlich waren das, humpf, arme Klepper. Immer im Freien. Und im Winter, wenn wir in unsere winzige Wohnung nach Hanau zogen, kamen sie zu einem Bauern ins Quartier. Der ließ sie mehr hungern als leben. Viel Geld bekam er ja auch nicht von uns, humpf! Doch im frühesten Frühling zogen wir wieder los. Wir waren zu viert. Mein Vater, ein jähzorniger Mensch, meine Mutter, die wenig redete, meine Schwester, die nicht ganz richtig im Kopf war, doch lieb, humpf, und ich. Ich der Kleinste. Ich musste mächtig ran. Das stank mir manchmal ganz schön.

Papa Schnuff stand auf und holte eine zweite Flasche aus dem Schrank. Er murmelte: Muss ja begossen werden, humpf.

Seien Sie vorsichtig, mahnte Lothar. Sie müssen heute noch arbeiten.

Pass schon auf, humpf, antwortete Papa Schnuff, du musst mich nicht belehren, ich hab immer auf mich selber aufpassen müssen. Weißt du – er legte den Arm um Theos Schulter und zog ihn näher an sich heran –, weißt du, Theo, einmal bin auch ich abgehauen. Ein einziges Mal.

Du auch? Theo spürte die Wärme des alten Mannes und lehnte sich ganz fest gegen ihn.

Ja, ich auch. Aber anders als du. Und es hat auch nur ein paar Stunden gedauert. Das war nicht lange nach dem Ersten Weltkrieg. Das ist eine Ewigkeit her, humpf! Meine Güte. Wir hatten unser Karussell für ein paar Tage in Gelnhausen aufgestellt. Und ich hab da mit einem Jungen aus der Stadt Freundschaft geschlossen. Ein feiner Pinkel und trotzdem nett, humpf. Ein paar Mal begleitete ich ihn bis vor die Tür seines Hauses. Kein großes Haus. Doch schön. Und wenn das Licht hinter den Fenstern brannte, blieb ich immer ein Weilchen stehen und wünschte mir, ich könnte auch so leben. So wie der Junge, humpf. Nicht mehr in dem Holperkarren, in der Enge, in der Feuchtigkeit. Nicht dauernd an einem andern Platz und nur ein paar Wochen in der Schule. Richtig zu Hause. Die Sehnsucht wurde so gewaltig, humpf, dass ich mir am letzten Tag unseres Aufenthalts vornahm, bei dem Jungen zu bleiben. Ich bat ihn, humpf, mit seinen Eltern darüber zu reden. Er versprach mir, er werde das tun. Gott, war ich ein dummes Kind, humpf. Meinen Eltern sagte ich kein Wort. Am Abend ging ich hin. Wieder leuchteten die Fenster freundlich. Ich klingelte. Als die Frau öffnete, humpf, die Mutter meines Freundes, und mich sah, sagte sie nur barsch: Verschwinde! Lass dich nicht mehr blicken, du Schmutzfink! Humpf! Wie ein begossener Pudel bin ich zurückgetrottet. Von da an blieb ich dort, wo ich hingehörte. Im Wohnwagen, beim Karussell. Ich hatte einen falschen Traum, humpf. Hier war ich zu Hause und nicht in der schönen Villa. Das hört sich, humpf, ganz blödsinnig an.

Theo begriff, dass Papa Schnuff ihm mit seiner Geschichte etwas erklären wollte. Vielleicht wollte er ihm sagen: Du hast dein Zuhause, und wenn es auch nicht toll ist, ein besseres findest du nicht. Papa Schnuffs Geschichte machte ihn traurig.

Und dein Vater?, fragte er.

Der hat nichts davon gemerkt.

Nein, Papa Schnuff, wie ist das weitergegangen?

Meinen Vater haben sie sechsunddreißig geholt. Die Hitlerleute, die Nazis. Weißt du, er konnte das Maul nicht halten, humpf! Er schimpfte einfach auf den Hitler. Und die kannten damals keinen Spaß. Sie sperrten ihn in ein Lager, humpf, und er kam nicht mehr zurück.

Hast du dann das Karussell machen müssen?

Nein, meine Mutter. Ich musste erst mal zu den Soldaten, in dem Hitler seinen Krieg. Als ich nach Hause kam, lebte meine Mutter noch, und sie war froh, humpf, dass ich das Geschäft übernahm.

Hast du denn nie geheiratet, Papa Schnuff?

Doch, humpf. Papa Schnuff zog das löchrige Tuch aus der Hosentasche und wischte sich übers Gesicht. Aber meine Frau hielt es nicht lang bei mir aus. Sie hatte nicht gelernt, humpf, so zu leben wie ich. Fast jeden Tag woanders. Ja, dann ist sie eben gegangen.

Theo dachte, dass er Papa Schnuff lieb habe, und das nicht nur, weil er so ein schlimmes Leben hinter sich hatte.

Papa Schnuff drückte den Korken in den Hals der halb geleerten Flasche, schob sich ächzend aus der Bank, verstaute die Flasche im Schrank und sagte dann beinahe feierlich: Schluss mit der Feier, humpf. Wilhelm Stöckel muss jetzt arbeiten.

Darf ich dir helfen, Papa Schnuff?

Nein! Das war ein sehr hartes Nein.

Warum nicht?

Du fährst mit dem jungen Mann nach Hause und das nächste Mal komme ich euch besuchen. Ich möchte gern deine Mutter kennen lernen.

Ganz bestimmt?

Papa Schnuff versuchte erst, die Hose über den Bauch zu ziehen, dann hob er den rechten Arm und sagte: Ich schwör's beim Leben aller Karusseller, humpf.

Sie kletterten aus Papa Schnuffs Wohn-Ei und begleiteten ihn noch bis zum Karussell. Dort umarmte ihn der alte Mann und flüsterte ihm ins Ohr: Du läufst nicht mehr fort, versprich mir's.

Ich versprech's, flüsterte Theo zurück.

Papa Schnuff zog ihn noch fester an sich. Der Bauch drückte gegen Theo.

Du hast ja Glück gehabt, sagte Papa Schnuff. Irgendeiner hätte dir was antun können. Wenn ich an diese Ganoven denke!

Theo rieb sein Gesicht an Papa Schnuffs Schulter. Er fand, dass der alte Mann übertrieb.

Lothar sagte: Komm, Theo.

Papa Schnuff ließ ihn los, humpfte ein paar Mal gewaltig und sagte: Auf bald. Lothar drückte er so fest die Hand, dass der stöhnte.

Es hatte aufgehört zu regnen. Lothar meinte, dass Papa Schnuff vielleicht doch noch ganz schöne Einnahmen haben werde. Unterwegs redeten sie nicht miteinander. Erst als die Ente vor dem Hochhaus hielt und Theo ausgestiegen war, sagte Lothar: Du hast wirklich Glück gehabt, Theo. Da hatte Papa Schnuff Recht. Es hätte alles auch ganz anders ausgehen können. Tschüs, bis morgen.

Theo kam von Papa Schnuffs Geschichten nicht los. Er musste sich alles noch einmal durch den Kopf gehen lassen. Vielleicht auch mit Vater und Mutter darüber sprechen.

Er ging ins Haus. Der Aufzug war unten. Er konnte gleich einsteigen. Es roch wieder scheußlich nach dem Parfüm von der Schwellnuss.

Inhalt

© Isolde Ohlbaum

Peter Härtling

Peter Härtling, geboren 1933 in Chemnitz, arbeitete bei
verschiedenen Zeitschriften, u.a. als literarischer Redak-
teur und Mitherausgeber der Zeitschrift DER MONAT.
Er war Cheflektor und anschließend Geschäftsführer
des S. Fischer Verlages. Seitdem lebt er als freier Schrift-
steller in Walldorf bei Frankfurt am Main. Er veröffent-
lichte Lyrik, Erzählungen, Romane und Kinderbücher,
wofür er mit zahlreichen Preisen ausgezeichnet wurde.
U.a. erhielt er den Deutschen Bücherpreis und für sein
kinderliterarisches Gesamtwerk den Sonderpreis zum
Deutschen Jugendliteraturpreis.
Peter Härtlings Kinderbücher wurden in viele Sprachen
übersetzt und sind längst zu Klassikern der Kinderlitera-
tur geworden. Bei Beltz & Gelberg erschienen bisher
*Und das ist die ganze Familie, Das war der Hirbel, Oma,
Theo haut ab, Ben liebt Anna, Sofie macht Geschichten,
Alter John, Jakob hinter der blauen Tür, Krücke,
Geschichten für Kinder, Fränze, Mit Clara sind wir sechs,
Lena auf dem Dach, Jette, Tante Tilli macht Theater* und
Reise gegen den Wind.
Mehr zum Autor unter www.haertling.de